Veronika Immler, Antje Steinhäuser

# Sie sind der Meinung, das war spitze!

Veronika Immler, Antje Steinhäuser

# Sie sind der Meinung, das war spitze!

## Als sich Käseigel und John Boy Walton im Partykeller Gute Nacht sagten

mvgverlag

Bibliografische Information der Deutschen Nationalbibliothek
Die Deutsche Nationalbibliothek verzeichnet diese Publikation in der Deutschen Nationalbibliografie.
Detaillierte bibliografische Daten sind im Internet über http://dnb.d-nb.de abrufbar.

**Für Fragen und Anregungen:**
immlerundsteinhaeuser@mvg-verlag.de

1. Auflage 2010


Nymphenburger Straße 86
D-80636 München
Tel.: 089 651285-0
Fax: 089 652096



Umschlaggestaltung: Sabine Gistl
Umschlagabbildung: „Klementine“ mit freundlicher Genehmigung von Procter & Gamble
Satz: Jürgen Echter, Landsberg am Lech
Druck: GGP Media GmbH, Pößneck
Printed in Germany

ISBN 978-3-86882-156-7

# Inhalt

*Dieses Buch ist für unsere Eltern und unsere Schwestern Schni, Puschel und Böff*

# Licht aus – Spot an!

## Ilja Richter und seine *disco*

Als wir Kinder waren, waren Moderatoren alte Herren, die mit großväterlicher Jovialität und dem charmanten Schalk des jung gebliebenen Veteranen durch den heiteren Abend führten, onkelige Helden, die das Herz der Großtante höherschlagen ließen und mit denen man jeden Versicherungsvertrag abgeschlossen hätte, wenn sie denn als Makler aufgetreten wären.

*Er* war damals der jüngste Entertainer im deutschen Fernsehen, gerade 18 Jahre alt, als er zum ersten Mal die Sendung moderierte, die noch Jahrzehnte später Kult sein und einen Ausdruck der Verzückung auf die Gesichter der Reminiszierenden zaubern sollte: Ilja Richter, der selbst für den schmalsten Konfirmationsanzug zu dünn war und dessen gewagt gemusterte Fliegen aussahen wie Weltallpropeller, präsentierte mit geradezu altmodischer Souveränität einem alsbald hingerissenen Publikum am 13. Februar 1971 die erste *disco*. Fortan beglückten die deutsche Fernsehnation bis 1982 133 Sendungen, gesendet alle vier Wochen, samstags um 18 Uhr 45, später um 19 Uhr 30, also zur besten Sendezeit, weil der Erfolg so groß war: Im Durchschnitt saßen 20 Millionen Menschen vor den Mattscheiben!

Ich will nicht sagen, dass unser Leben ohne Ilja Richter sinnlos gewesen wäre, aber doch um so viel ärmer! Dieser kokett schmeichelnde Schwarzhaarhelm! Diese Charakternase! Diese leicht angequetschte Stimme! Unverkennbar! »Einen wunderschönen guten Abend, meine Damen und Herren – Hallo Freunde!« Niemand konnte so jovial die Arme ausbreiten wie der junge Berliner. Und mit einem für damalige Verhältnisse entfesselt geschmetterten »Hallo Ilja!« dankte es ihm das Studiopublikum. Das Studio! In orangefarbene Ovale eingefasste Bildschirme, silbern glitzernde Treppenstufen, bunte Scheinwerfer, ein total technisiertes Moderatorenpult und Metallicwände. Und erst das Publikum! All diese furchtbar lustig angezogenen Menschen in bunten Acrylklamotten und mit aus der Fasson geratenen Haaren – »locker-luftig« und »unkompliziert« nannte man den Look, der den Föhn zu einem der wichtigsten Geräte in jedem Haushalt aufsteigen ließ. Und den Föhnfestiger zum wichtigsten Produkt. Gewellt, gewallt, gewuschelt, ohne Föhn wäre Farrah Fawcett-Majors wohl nicht so groß rausgekommen, ohne Föhn hätte Paul Breitner seine Afrowollmütze nicht so bauschig hingekriegt, ohne Föhn wäre der spacige Look eines David Bowie viel sterblicher, viel normaler rübergekommen. Und ohne Föhn hätte auch das *disco*-Publikum nicht mit so herrlich hingewärmten Schmachtwellen auf den Hartschalensitzen des Studio Hamburg, der Berliner Union Film und des Landesstudios Bayern sitzen können. Ach, dieses Publikum, von denen die meisten scheinbar unbeteiligt dasaßen und zwischendrin gab es mal zwei, drei, die (fast) im Takt mitklatschten, während sie sich mit beseeltem Lächeln umsahen nach den Stars: In hautengen

Metallicanzügen, mit Löckchen, Haarbändern, Knautschlackgürteln und mit zum Teil unvorstellbar weiten Ärmeln standen da Suzie Quatro und Costa Cordalis, Abba und Michael Holm, Deep Purple und Katja Ebstein, eine kühne Mischung aus internationalen Pop- und Rock-Hits und deutschen Schlagern, eigentlich unvereinbar, sollte man meinen, aber Alt und Jung sahen sich mit wachsender Begeisterung das allmonatliche Potpourri an, das Ilja Richter dann noch mit seinen Kalauern (»Das Publikum hat die Tribünen voll gemacht und alle hatten 'ne Fahne») und seinen Sketchen, in denen er mit diesen unglaublich schlechten Bluebox-Tricks herumprobierte (unvergessen: Berti Vogts und Ilja Richter singen und tanzen 1975 im Smoking auf einem Fußballfeld, in das sie »geblueboxt« wurden), anreicherte. Manche Stars kamen gar nicht selbst, sondern auf einer Leinwand, die den technischen Charme einer privaten Dia-Vorführung hatte. Darauf wurde ihr Auftritt ausgestrahlt. Aber alle waren hingerissen.

In der Tat: »Licht aus – Woammmmm! ... Spot an – Yeaaaaaaah!«, war das Ereignis des Monats; gerade hatte ein glücklicher Gewinner ein Kofferradio und ein anderer einen Plattenspieler zugesagt bekommen, und dann: Im Kegel des Scheinwerfers bekam die Nation in den meisten Fällen eine verschüchterte Bundesbürgerin zu sehen, die mit motorisch bedenklichen Bewegungen dem Publikum zuwinkte und extrem gehemmt wirkte.

Ilja Richter trat erst hervor, nachdem die erste Band oder der erste Interpret aufgetreten war: Die Familienmitglieder wippten mit dem Fuß und die heranwachsenden Kinder sagten: »Find ich super«, aber was ging wirklich in uns vor? Ilja Richter weckte die Discokanone in jedem von uns, in Viersen an der Aller, in Coburg, in Todtnauberg, erfüllte uns mit Sehnsucht nach dem, was wir uns unter dem Leben eines Stars und seiner hinreißenden Musik vorstellten.

# Bewährungsprobe Dia-Abend

## Lichtbild- und Reisevorträge

Alle wussten, es würde ein quälend langweiliger Abend werden. Aber einer Einladung zu einem privaten Lichtbildervortrag nicht nachzukommen, war in den Siebzigern ein gesellschaftliches Tabu. Dafür gab es keine gültige Ausrede. Reisen ins Ausland waren noch etwas ganz Besonderes und wer sich dafür nicht interessierte, deklassierte sich einfach in deutschen Bildungsbürgerkreisen. Die privaten Dia-Abende waren in keiner Weise als heiteres, geselliges Beisammensein zu verstehen, vielmehr dienten sie dem Gastgeber als Plattform, auf der er sich vor den Bekannten mit unzähligen schlechten Bildern als polyglotter Weltenbummler präsentierte.

Gezeigt wurden die meist orangestichigen, unscharfen Lichtbilder stets im repräsentativen, mit schweren Vorhängen verdunkelten Wohnzimmer der Gastgeber. Die Gäste nahmen auf der weichen Sitzlandschaft Platz und waren bereits nach der Getränkebestellung und zwei Rollgriffen in die bereitgestellten Erdnüsschen in einen narkoseartigen Ruhezustand versetzt. Wahrscheinlich, um das gepflegte Wohnzimmer nicht wie eine Abstellkammer wirken zu lassen und den freien Blick auf die massive Schrankwand nicht zu verstellen, machte sich der Herr des Hauses traditionell erst nach dem Eintreffen der Gäste an die Aufstellung der Leinwand. Ob der Mechanismus der Leica-Standardleinwand tatsächlich so diffizil war, sei dahingestellt. Erfahrungsgemäß waren mit dem Aufbau der äußerst widerspenstig scheinenden Projektionsfläche zu guter Letzt jedoch immer mindestens drei bis vier Personen beschäftigt. War diese dann endlich gehisst, dünstete sie auch schon ihren spezifischen Lösungsmittelgeruch ins voll besetzte Wohnzimmer und versetzte so die letzten wach gebliebenen Zuschauer in Trance. Mit dem Erlöschen der Wohnzimmerbeleuchtung und dem einsetzenden Brummen des Projektorgebläses war man dann felsenfest überzeugt, sich nie mehr ohne fremde Hilfe aus der Sitzlandschaft erheben zu können. Als Alternative zur stinkenden Leinwand blieb die Projektion auf die cremefarbig gestrichene Wohnzimmerwand, auf der normalerweise verschiedene Landschaftsbilder in Öl oder Gestecke mit Gewürznelken hingen. Wenn dann beim Lichtbildervortrag das gelbstichige Gesicht der weit gereisten Gastgeberin an der Wand aufschien und die in der Wand verbliebenen Nägel wie Warzen aus der raufasergenoppten Haut ragten, war das meistens das Einzige, woran man sich später noch gerne amüsiert erinnerte.

Den langatmigen Vortrag hielt immer der Herr des Hauses, während die Ehefrau im Off, neben der Sitzgruppe, auf einem beigestellten Holzstuhl Platz fand, um dehydrierte Gäste im Notfall schnell mit süßlichem Liebfrauentrost von der Mosel zu versorgen. Nur auf ausdrückliche Aufforderung ihres referierenden Ehemanns kam sie zu Wort, um etwa zum Wechselkurs von vor drei Jahren Stellung zu nehmen oder gemeinsam

mit ihrem Gatten nach dem Namen der flüchtigen Reisebekanntschaft aus Dings zu suchen, die man im letzten Urlaub zufällig auf Naduweißtschonwo getroffen hatte.
Pro Magazin blieb etwa jedes dritte Bild im Projektor hängen, jedes fünfte stand Kopf oder war seitenverkehrt eingeordnet, was den schon halb ins Koma gefallenen Dia-Abend-Opfern vollkommen egal gewesen wäre – nicht aber dem leidenschaftlichen Hausherrn, der jedes Mal über fünf leblose Beinpaare kletterte, um das Dia unbedingt seitenrichtig zu präsentieren, und dabei auch gleich noch versuchte, das Bild durch beherztes Drehen am Projektorobjektiv doch noch scharf zu kriegen. Ganz gefürchtet waren Ansagen wie: »Schalt doch noch mal zurück!« Oder: »Was man jetzt gerade nicht auf dem Bild sieht …« Oder auch: »Das waren jetzt die Bilder der ersten Woche unserer vierwöchigen Reise …«
Nach dem ersten Magazin war die Luft im hermetisch abgeriegelten Salon bereits dermaßen verbraucht, dass auch der wohlwollendste Zuhörer aus purem Sauerstoffmangel mit akuter Lidschwere und massiven Gähnattacken zu kämpfen hatte. Der Tanz der Staubkörner im Lichtstrahl des Projektors ließ befürchten, dass die Luftqualität in der Sofagegend auch nicht viel besser sein würde und man diesen Abend höchstwahrscheinlich nur mit schwersten körperlichen Schäden überleben würde. Die ersten Gedanken, ohnehin freiwillig aus dem Leben scheiden zu wollen, kamen spätestens dann auf, wenn man im Halbdunkel acht weitere bereitgestellte Magazinkästen entdeckt hatte, während Gastgeber Karl-Heinz fünf Minuten lang ein nichtssagendes, verwackeltes Landschaftsbild stehen ließ und dabei in monotoner Stimmlage bis ins Detail ausführ-

te, wie Ehefrau Hannelore an diesem Tag nach ihrer Lesebrille suchte, sie bereits gestohlen wähnte, um sie dann doch am späten Abend in ihrer Handtasche wiederzufinden.

Irgendwann wurde dann scheinbar völlig unvermittelt das Wohnzimmer vollilluminiert. Zerknitterte, fahle, teilweise übereinanderliegende Gestalten versuchten sich mit verkniffenen Augen wieder an das Licht zu gewöhnen, sich aus den Kissen zu graben und eine einigermaßen aufrechte und würdige Position einzunehmen. Der träge, aber durchaus erlösende Abschlussapplaus bedeutete auch immer die unmittelbare Auflösung des Dia-Abends, der, realistisch betrachtet, eigentlich den Namen Dia-Nacht verdient gehabt hätte.

Überschwänglich bedankten sich auch die Gäste, die bereits nach den ersten zehn Bildern eingenickt waren, für den außergewöhnlich interessanten Vortrag. Obwohl den Gastgebern unmöglich das laute Geschnarche entgangen sein konnte, nahmen Karl-Heinz und Hannelore offensichtlich zutiefst geschmeichelt die Dankesworte entgegen und versprachen ganz fest, auch nach ihrem nächsten Urlaub wieder zu einem Lichtbildervortrag einzuladen. Falls man selbst nicht zuvorkam. Schließlich saß man bereits seit Monaten mit Pinzette und Pinselchen am Leuchtpult und schnitt begeistert die sonnengelben Spanien-Urlaubsbilder für die Plastikklemmrahmen zu. Gab es denn etwas Schöneres, als mit der Kabelfernbedienung in der Hand sein Wohnzimmer in einen Hörsaal zu verwandeln, mit einem Taschenlämpchen auf wichtige Details im Bild hinzuweisen, gemeinsam mit Freunden, Nachbarn und Bekannten in Erinnerungen zu schwelgen und die Gästeschar bei billigem Wein und ein paar Nüsschen mal so richtig zu beeindrucken?

# Das kleine Möbelhaus

## Einrichten mit Sitzsack, Flokati und Pilzleuchte

### Sitzsack

Sie hießen Fat Boy, Wolke und Sitting Bull und sahen aus, als müsste man augenblicklich Rückenbeschwerden darin bekommen, aber die Dinger waren verdammt bequem und gehörten in den Siebzigern bis in die Achtziger hinein quasi zum guten Ton. Wer etwas auf seine Einrichtungskünste hielt, flatschte sich einen der Kaventsmänner aus robuster Kunstfaser in die Wohnräume und riskierte das Styroporkügelchendesaster, falls einer der Trumms doch mal kaputtging.

### Schalenstuhl

Die waren nun wirklich unbequem, weil sie nicht mal ein Quentchen nachgaben, sondern auf ihrer Form beharrten wie alte störrische Weiber auf ihrer Meinung. Aber: die Farben! Das Wort »orange« musste neu definiert werden und das Wörtchen »grell« gleich auch. Auf dem Aluminiumfuß thronte die formschöne Sitzschale, und in ihr war man selbst eingepferchet wie die Füllung im Pralinéhohlkörper. Beliebte

Kombi: Hartschale mit kreischend bunter Komplettpolyesterpolsterung.

### Beistelltisch

Ein Wort wie ein Komamittel. Bis Luigi Colani und seine Kollegen die Wüste begrünten. Beistelltische mutierten zu geschwungenen, überraschenden, multifunktionalen Designamusements, die farbenfroh den Kunststoff präsentierten, aus dem sie geformt waren und den Teewagen endgültig in die Sanatorien verbannte.

### Flokatiteppich

Das Symbol für den Einrichtungsstil der Siebziger! Nur echt von griechischen Hirten, aus naturfarbener Schafwolle mit einem Flor, in dem Walnüsse und Flummis unauffindbar werden können. Ein geduldiger Dreckfänger – aber das nahm man gern in Kauf. Nichts belegte ausdrucksstärker den Willen zur Lebensart, zur Kuschelhöhle, zum Rückzug in die eigene Welt. Der Flokati machte den harten Boden zur Liegewiese. Manche hängten sich ein Exemplar auch an die Wand. Nur Banausen kaufen die neumodischen Webwerke in Farben wie »Latte macchiato« und »Rubinrot«.

### Fototapete

Nüchternheit und Langeweile ade! Es durfte sich hineingeträumt werden: In die Bergwelt der Alpen, in die Weite der kanadischen Wälder, in Südseeinselwonnen. Optischer Steigbügelhalter war die Fototapete, die in beeindruckenden

Dimensionen ganze Wände schmückte. Herbstliches Laub, Sahara-Sandmassen und Wattwelten. Die Horizonterweiterung per Fototapete war in jedem Reihenmittelhaus möglich und wurde zu einer überaus beliebten Interior-Design-Maßnahme.

## Couchgarnitur

Sofa und Sessel, womöglich mit schwerem Samt bezogen und troddelbehangen, sowie streng-kantige Dunkelholzregale waren einmal: Wohnlandschaften wollte man, Orte, die den neuen Wohlstand, die gesellschaftliche Befreiung, all die Wünsche, die erweckten Gelüste und die Träume spiegelten, erschaffen aus neuen Materialien – dies herrliche Plastik, dieser grandiose Kunststoff – geformt in allen denkbaren Rundungen, bespannt mit Kunstleder, Knautschlack, Polyester und Velours, in allen Farben des Regenbogens erstrahlend! Wohnzimmer verwandelten sich in orange-grün-gelbe Fläz-Paradiese, Lunger-Lounges, die noch heute manchen Chill-out-Zoner neidblass werden lassen. Krönung des Reviers der Sinnlichkeit: Individuell kombinierbare Polsterelemente mit beliegbaren Rückenlehnen und Schneidersitzoase. Entfesselte Muster auf Wänden, Tapeten, Vorhängen, Bezügen und Kissen, die eher an optische Täuschungen, an Marihuana-Räusche, an Kammerflimmern des Auges erinnerten. Optical Art für jeden! Psychedelisches Design im Rausch der Geometrie, die mit einem Mal der Interieur-Sinnlichkeit zuarbeitete. Der wohlverdiente Feierabend, den man vornehmlich aufrecht sitzend verbracht hatte, war zur ganz persönlichen Lümmelphase geworden.

## Pilzleuchte

Es war eine kleine Revolution: Nicht mehr Kronleuchter und Stehlampe hatten die leuchtende Oberhand, sondern die runden Hauben in undezenten Farbtönen und Materialien, die fürs Vererben nun wirklich nicht hochwertig genug aussahen – die aber den Wohnzimmern der Siebziger den letzten Schliff verliehen. Hochmoderne Lichtquellen, die ihre Kollegen aus Schmiedeeisen, Messing, Zinn und Kupfer in die Ecke verwiesen.

## Schrankwand

Sie waren praktisch und suggerierten dank ihrer aufgelockerten Machart eine gewisse Eleganz und Lässigkeit. Ganz im Gegensatz zu Großmutters Buffet, das an Wuchtigkeit kaum zu überbieten war, hatte die Schrankwand etwas Filigranes, geradezu Freigeistiges: Einzurichten war sie ganz nach Belieben, nicht nur mit Büchern und Porzellan, sondern mit Dual-Plattenspieler, Bonbondose mit Korkdeckel und Kompaktkassettensammlung. Die altherrenhaften Asbach-Uralt-Schwenker konnte man hinter einer der hier und da locker integrierten Türen verschwinden lassen. Eine Ausgabe der *EMMA* hingegen machte sich modern auf der Freifläche, in der Nähe der Rattan-Obstschale, die gern mal mit neumodischen Angeboten wie Kiwis und Mangos bestückt war. Würfelförmige Kofferradios standen ebenso für die ultimative Befreiung vom Volksempfänger wie für den modischen Geist ihrer Besitzer und wurden auch gern als Stellhinchen eingesetzt.

## Jugendzimmer

Die Jugendzimmer erbrachten gemeinhin den Beweis, dass es möglich war, ein komplettes Möbelstück aus Plastik herzustellen. Besonders hübsches Detail: das Vollplastikfurnier, nicht mal in Holzoptik, sondern in ehrlichem, purem Plastik, wahlweise in Rallye-Gelb, Kalahari-Beige, Indian-summer-Orange, Manila-Grün oder Senegal-Rot. Mit Kantenschutz aus weißem Plastik für Schrank, Bett, Schreibtisch und Allzweckkommode – und alles war irgendwie ineinander verschachtelbar oder aneinander verschraubbar, so hatten die windigen Stücke besseren Halt.

## Teppichfliesen

Da es vornehmlich in Jugendzimmern auch auf dem Boden praktisch sein sollte, bekamen den Staubfänger Flokati nur die, die ihre Eltern mit viel Einsatz genervt haben; die anderen kriegten eine Komplettauslage mit Teppichfliesen (Fachausdruck: geschnittene Bahnenware) in Mausbraun, Steingrau, Olivgrün, Rostrot oder Granitblau. Die machten zwar Brandblasen beim Drüberrutschen und mit nacktem Bein hat niemand darauf sitzen können, weil's viel zu kratzig war, aber sie waren sehr einfach zu reinigen und im Falle eines allzu hartnäckigen Flecks einzeln austauschbar. Aber Obacht: Mit diesen Quadraten aus Nadelfilz holte man sich kein ganz geringes Risiko ins Haus: Von den Schürfwunden einmal abgesehen, die sie bei unsachgemäßer Berührung hervorrufen konnten, neigten sie zum Schrumpfen (das sah mehr als bescheiden aus) und zum sogenannten »Schüsseln«: Die Kanten und Ränder bogen sich auf, bildeten also eine Schüssel, und das war die Stolperfalle par excellence.

## Wasserbett

Sie gehörten zu den wichtigsten Symbolen der Befreiung aus Zwängen und Hemmungen, vielfach verkannt, verpönt, verlacht: Wasserbetten! Bislang hatten starre hölzerne und gusseiserne Gestelle die Last schwerfälliger Matratzen getragen. Schlafen musste der Mensch nun mal, da legte er sich drauf, ruhte und zeugte gelegentlich ein Kind. So weit, so unauffällig. Die Tür zum Schlafzimmer blieb penibel geschlossen. Das war kein Thema, kein Anschauungsobjekt. Da wurde dezent-gehemmt geschwiegen. Bis das Wasserbett den Fokus aufs Schlafen legte und von bis dato völlig ungeläufigen Dingen wie »Antischwerkraftwirkung«, »Schwebeschlaf«, »Wasserschlaf« und »Schlafen mit Niveau« die Rede war. Man fürchtete, dass die Einstiegswelle den Partner quasi aus dem Bett spült und dass eine undichte Naht einen schlimmeren Schaden verursacht als eine Springflut. Und man überwand seine Ängste, viele jedenfalls. Mitte der Siebziger hatte das Wasserbett seinen Siegeszug durch bundesdeutsche Schlafzimmer bereits mit Erfolg hinter sich.

## Gardine mit Goldkante

Auf bodenlange Gardinen sollte ein gepflegter Haushalt nicht verzichten. Und eine Goldkante sollte der Fensterbehang schon haben, das hat Marianne Koch uns überzeugend nahegelegt. Drunter machten es nur Proleten. Der mit goldenem Garn angekettelte Bleibandabschluss ist bis heute ein Zeichen für Qualität und Langlebigkeit, und für Lichtechtheit, Formbeständigkeit und Pflegeleichtigkeit, jawohl. Wer Marianne Koch so reinen Herzens und guter Hoffnung und noch besserer Absicht hat sprechen hören und lächeln sehen: »Die mit der Goldkante« – so sanft, so wissend –, der musste ihr glauben; der bekam nicht nur eine hochwertige Gardine, nein, dem wurde verheißungsvoll in Aussicht gestellt, dass auch Sauberkeit, Behagen und Sicherheit fortan einen festen Platz in seinem Heim haben würden.

## Gartenstühle mit Schnurbespannung

Sahen neu ganz geckig aus, waren aber eigentlich eine Unverschämtheit: Die PVC-Plastikschnüre schnitten in die Rückseite der Oberschenkel und derangierten die Kleidungsstoffe oder aber hinterließen ein unschönes Abdruckmuster auf der nackten Haut, das sich von weiß über dunkelrot zu rosa verfärbte und noch stundenlang zu sehen war. Nach drei sonnigen Tagen begann die Farbe der PVC-Schnüre auszubleichen und besonders an den Stellen, an denen sie um das Metallgestell des Stuhles gewickelt war, eine erbärmliche Pastellfärbung anzunehmen. Durch einen Wechsel aus Sonne und Regen mürbe geworden, begannen dann die ersten Schnüre zu reißen, was den Stuhlnutzer in einem Gefühl der Unsicherheit wiegte und vollends nach Hempels Terrasse aussah.

## Makramee-Eule

Die Makramee-Eule hing überall. Weil aber auch jeder, der nicht selbst zur großen Siebzigerjahre-Blütezeit dieser Knüpftechnik (zu Zeiten der Kreuzritter war sie auch schon einmal sehr beliebt gewesen) beitrug, mindestens eine Schwester oder eine Mutter hatte, die ständig im Bastelshop neue Hanfknäuel in Erdtönen erstand, um daraus Eulen, Untersetzer oder Blumenampeln zu machen. Heijeijei, gut, dass Geschmack sich wandelt.

## Klappzahlenwecker

Sie sahen aus wie wissenschaftliche Hilfsgeräte von Commander Spock und die ganze Nacht machte es in regelmäßigen Abständen »schrrpp, schrrpp, schrrpp«. Das Gerät war modisch gerundet und vornehmlich in quietschgelb oder -orange im Angebot. Unter www.klappzahlenwecker.de gibt es im Internet sogar ein Klappzahlenwecker-Museum, das die schönsten Modelle aus der Versenkung geholt hat. Je nach Güteklasse dauerte es zwischen sechs Monaten und zwei Jahren, bis mehr Klappzahlen am Boden des Gehäuses lagen, als noch auf dem Drehrädchen saßen.

# Haare gut, alles gut!

## Haare und Frisuren

1971 musste der damalige Verteidigungsminister Helmut Schmidt wirklich eingreifen. Die jungen Wehrpflichtigen, die beim Morgenappell in Deutschlands Kasernenhöfen antraten, sahen aus, als wäre ihnen zum Frühstück ein Schluck schnell wirkendes Haarwuchsmittel in den lauwarmen Pfefferminztee gekippt worden. Die Rekrutengesichter waren hinter zu gezogenen Echthaargardinen verschwunden und die Barette thronten albern auf wild wuchernden Pilzköpfen. Schmidt zeigte sich seinen modebewussten Soldaten gegenüber jedoch tolerant. Er bestellte kurzerhand 750 000 Haarnetze und niemand musste gezwungen werden, sich von seiner individuellen Langhaarfrisur zu trennen. Denn wichtiger, so Schmidts Meinung, sei schließlich, was unter der Mähne stecke. Die olivgrünen »Zwiebelsäcke«, wie die formschönen Netzhauben schnell unter den Soldaten hießen, mussten von da an von Langhaarträgern beim Umgang mit Waffen und Gerät und im »Feld« getragen werden. Auf den Spott aus dem Ausland musste man – wen wundert's – nicht lange warten. Schnell wurde die deutsche Luftwaffe als »German Hairforce« verballhornt und der Haarnetzerlass, bereits ein Jahr nach seiner

Einführung, schnell wieder aufgehoben. Bis heute darf männliches Kopfhaar weder die Uniform noch den Hemdkragen berühren, um das Ansehen des deutschen Militärs nicht zu gefährden. Die offizielle Begründung damals war allerdings, dass die mangelnde Belüftung unter den Haarnetzen bei langen Haaren schnelle Verfettung, Infektionen und Parasitenbefall fördere. Wenn man sich heute Bilder von Fußballprofis aus dieser Zeit ansieht, drängen sich tatsächlich schnell Assoziationen von Brutstättenparadiesen und Gelegenestern auf. Paul Breitners Afrowollmütze hätte sogar mehreren Kleinsäugerfamilien Lebensraum bieten können. Auch Günter Netzers Glatthaarhelm (»Netzteil«) stand dem in nichts nach. Die Haare wuchsen überall, auch im Gesicht. Wenn nicht als Vollbart (Gesichtshecke), dann zumindest als eindrückliche Schläfentapeten (Koteletten). Rudimentäres Imponierfell ließ (zumindest Fußballer) männlich, wild und unzähmbar erscheinen. Der Erfolg gab den Weltmeistern von 1974 recht – oder waren die Endspielgegner aus den Niederlanden damals aus anderen Gründen unkonzentriert? Aus den knappen Trikothöschen der deutschen Elf schoben sich muskulöse Fußballerbeine, die wie in Schamhaarleggings steckten, während die Spieler animalisch durch die Arena trabten. Das Brusthaar quoll nicht nur bei den Profisportlern aus den Hemden, auch Schlagersänger präsentierten stolz ihre Dekolleté-Flokatis aus bewusst tief ausgeschnittenen Polyester-Glitzerblüschen. Nach der renitenten Wildwuchsphase, die in den Sechzigern bestimmt so manchen Friseursalon in den Konkurs getrieben hat, wurde irgendwann das lang gezüchtete Fell gepflegt, gebürstet, gegelt, gewässert, gekräuselt und geföhnt! Frauen, die eben noch überzeugt Kommunen- und Studentenprotestfrisuren getragen hatten, saßen nun stundenlang unter Trockenhauben, bis die Ohren rot glühten. Showgrößen wie ABBA und The Sweet setzten da, sowohl für Frauen als auch für Männer, ganz neue Trends. Die Dauerwelle für Männer wurde salonfähig. Lange lockige Mähnen hingen wie Cockerspanielohren an den prominentesten Köpfen. Wer dem Frontmann von Boney M., Bobby Farrell, nacheiferte, ließ sich sogar eine Minipli-krause legen. Das große Vorbild für die perfekte Föhnfrisur war allerdings Farrah Fawcett (Jill Munroe, eine der heißen Polizistinnen in der Vorabendserie *Drei Engel für Charlie*). Aber auch langhaarige Männer föhnten sich mit Rundbürsten sanft federnde Außenspoiler, die durch Haarspray gehalten wurden, und sahen danach aus wie Anni-Frid oder Frau Karin Sommer mit Damenbart. Alles drehte sich auf einmal um die Frisur und die richtige Pflege. Unter Jugendlichen wurde der orangefarbene Kamm in Fischform in der Gesäßtasche zur Pflicht. Die Schauma-Familie wurde zum Vorbild für alle Familienmitglieder. Frauen mit Haarproblemen konnten sich an das Gard-Haarstudio wenden, wie es auch Frau Neuhaus getan hatte, die in den Urlaub fahren wollte und sich berechtigterweise sorgte, ihr Haar könnte im Badeurlaub austrocknen, und es mit diesem sehr ernst zu nehmenden Problem tatsächlich ins Vorabendprogramm des deutschen Fernsehens brachte. Eigentlich hatte sie in der Sendung fest versprochen, darüber zu berichten, ob die empfohlene Gard-Gelb-Kur tatsächlich dem Sonnenspliss ausreichend vorgebeugt hatte – aber zumindest ich habe sie nie mehr im Vorabendprogramm gesehen. Die Haarpomade Brisk machte dagegen Männern

Hoffnung. Sie prophezeite im Fernsehspot, Föhnwellen unsichtbaren Halt zu geben: »Ein Mann von heute: erfolgreich und großzügig! Sein Geheimnis? Seine Frisur!« Unglaublich, wie sich ästhetisches Empfinden verändern kann! Über den Vorzeigemann mit der Brisk-Frisur am Roulettetisch kann man heute nur noch fassungslos den Kopf schütteln. So würde heute bestenfalls ein Kleinstadttransvestit rumlaufen und jede normal denkende Frau aus diesem Jahrtausend würde versuchen, unauffällig, aber schleunigst die Straßenseite zu wechseln. So sieht doch kein Mann von Welt aus, an dem die attraktiven Frauen kleben wie die Fliegen! Man hatte ja von einigen Modeerscheinungen gedacht, sie würden nie mehr wiederkehren. Aber bei Schulterpolstern und Leggings lag man da ja auch daneben. Bei aller Freude am Retrokult – muss man befürchten, dass Mitmenschen jemals wieder Afrolook, Föhnwellen, Minipli und Koteletten für sich entdecken? Oder gar deren Nachfolger aus den Achtzigern: Vokuhilafrisuren, Fick-mich-Palmen oder Mantamatten mit Pornobalken unter der Nase? Will irgendjemand auf dieser Welt wirklich wieder einmal aussehen wie Wolfgang Petri, Rudi Völler oder Vader Abraham? Gut – üppiges Haupthaar will man auch heute noch gerne haben. Geheimratsecken, Stirnglatzen oder schütteres Haar galten noch zu keiner Modewelle als erotisch. Zu unserer Sturm- und Drangzeit hatten reife Männer mit Haarausfall versucht, ihre Fleischmützen mit einzelnen, länger gezüchteten Seitenresthaaren zu überdecken. Sogenannte Strichcodefrisuren waren das traurige Ergebnis dieser verzweifelten Maßnahmen. Heute rasiert man lieber komplett, und zwar nicht nur ein Ceranfeld auf dem Kopf! Das ist in der

Tat besser als Legefrisuren oder aufgeklebte Kunsthaarteile – nur leider sehen nicht alle Männer mit Haarausfall aus wie Bruce Willis – sondern eher wie Deoroller …
Üppiger Haarwuchs an allen anderen Stellen des Körpers als auf dem Haupt ist für Frauen von heute sowieso indiskutabel. Schon in den Achtzigern waren Haare unter den Achseln eigentlich tabu und als echte Testosteronkiller verschrien, Naturhaarstrümpfe unter Nylons schon lange ein No-go. Auch bei Männern zeichnet sich seit den letzten Jahren der Trend zur Rasurpflicht unter den Armen, an den Beinen und im Intimbereich immer mehr ab. Männer mit Ganzkörperbehaarung (Monchichis) können immerhin den Rückennassrasierer »Easy Raze« am Teleskopschwingbügelhalter erwerben, auf Jahrmärkten auftreten – oder den Pelz regelmäßig abziehen lassen! Was macht man nicht alles, um zu gefallen? Aber Vorsicht! Die Schauspielerin Kate Winslet musste für ihre Rolle in *Der Vorleser* schon ein Echtschamhaartoupet tragen. Wegen jahrelangen Waxings wucherten die Haare in ihrem Intimbereich nicht mehr so authentisch wie früher. Und wer weiß – vielleicht wird ja auch animalisches Retro-Schamhaar mal wieder modern, und dann haben wir den Salat!

# Kleinnager statt Großsäuger

## Unsere Lieblingstierserien

»Man ruft nur: Flipper, Flipper! Gleich wird er kommen!
Jeder kennt ihn, den klugen Delfin.
Wir lieben Flipper, Flipper, den Freund aller Kinder,
Große – nicht minder – lieben auch ihn.«

Den blöden Goldhamster wollte ich Anfang der Siebziger nur aus Frust (besser als nichts), weil ein Delfin, Schimpanse oder Känguru halt nicht drin war. Obwohl ich sehr gebettelt habe. Und sowohl zum Verzicht bereit war (na gut, dann eben kein riesiges Meerwasserbassin mitten in Bielefeld) als auch konstruktive Vorschläge gemacht habe (aber vielleicht wenigstens eine Lianenanlage oder ein Gartengrundstück mit ein bisschen australischem Busch- und Grasland). Es half alles nichts. Ich sollte keinen Freund wie *Flipper* oder *Judy* oder *Skippy* bekommen. Auch einen feurigen Rapphengst wie *Fury* verwehrten mir meine hartherzigen Eltern. (»Wir leben nicht auf der Broken Wheel Ranch und du bist nicht der Waisenjunge Joey.«) Und *Clarence*, der schielende Löwe – das mit Abstand coolste Tier der Filmgeschichte – aus *Daktari*, stand schon gar nicht zur Debatte. (»Bei uns geht's schließlich nicht zu wie bei Siegfried & Roy!« – Herrje, meine Eltern hatten halt null Peilung.)

»Daktari« ist Suaheli für »Doktor« – ha! Das war Fremdsprachenwissen! Nicht dieses lahme: »My name is Dörte and who are you?« Oder »Bonjour, Monsieur Dupont.« Auf der Wameru-Tierstation arbeitete der amerikanische Arzt Dr. Marsh Tracy mit seinem Team: seiner blonden Tochter *Paula*, dem schönen weißen *Jack* und dem kernigen schwarzen *Mike* (der im Übrigen auch sehr schön war). Die Prise britisches understatement lieferte der englische *District Officer Hedley*, der zwar sehr wildnistaugliche Kleidung mit vielen Taschen, einer Lederkoppel und Schusswaffe sowie einen sehr großen Hut trug, aber eigentlich den Eindruck machte, als würde er lieber eine gepflegte Tasse Tee mit Sahne auf der schattigen Veranda trinken, statt sich mit Wilderern, Buschfeuern und verunglückten Giraffen rumzuschlagen. Hach, in Deutschland ging alles so ordentlich zu, man trimmte Pudel und Cockerspaniels und Gartenhecken und da, mitten im afrikanischen Urwald, hatten es die Leute mit wilden Gnus und Leoparden zu tun, als handele es sich um Nachbars Langhaardackel. Was für ein Leben! Da saß man selbst, irgendwo im Grundschulalter, und fieberte den Nachmittagen entgegen, den magischen Uhrzeiten (samstags, 17 Uhr 45: *Daktari*, sonntags, 15 Uhr 15: *Flipper*, donnerstags, 16 Uhr 50: *Skippy*), wenn all diese ungewöhnlich klugen Kreaturen sich auf dem Bildschirm ein Stelldichein gaben und uns das Kontrastprogramm zu unserem mitteleuropäischen Alltag aus Schreibwarenladen, Flötenunterricht und Kirschstreusel lieferten, in dem die größte Aufregung ein abgebrochener Buntstift oder ein aufgeschlagenes Knie war. Wir kraulten Meerschweinchen Wibbel. *Bud* (diese Sommersprossen!) und *Sandy* (niedlicher Bursche), die beiden

Söhne des verwitweten Coral-Key-Park-Chief-Rangers Porter Ricks aus Florida, die in diesem coolen Haus direkt am Wasser wohnten und immer allein mit kleinen Motorbooten auf dem Atlantik (zugegeben: Küstennähe) herumcruisten (wir durften nicht mal allein Roller fahren) und den halben Tag mit Schnorchelbrille rumliefen, hatten sogar, wenn der große Tümmler *Flipper* gerade unterwegs war, noch Pelikan *Pete* als Spielpartner zur Auswahl. Unsereins konnte allenfalls auf Wellensittich Hansi zurückgreifen, falls Kater Paule mal wieder schlechte Laune hatte, Karnickel Freddy zu nichts als zum Mümmeln zu bewegen war und Schildkröte Oldie (ohnehin der größte Langweiler unter der Sonne) wegen Panzererweichung zwei Wochen beim Tierarzt zur Vitaminkur war.

Und wenn ich schließlich versuchte, Felix, dem behäbigen Neufundländer meiner Großmutter, ein paar ganz bescheidene Kunststückchen beizubringen, dann musste ich unweigerlich an Lassie (schottisch für »Mädchen«) denken, diesen Traum von einem Hundemädchen, allerliebst anzusehen, gescheit, gelehrig, lieb, treu und mutig, der eh alles konnte, auch selbstständig denken, gefahrvolle Situationen einschätzen, Gut und Böse unterscheiden, vorausblickend planen und ganz schön komplizierte Botschaften überbringen (Letzteres schafften meine Geschwister und ich zuverlässig erst ab der 4. Klasse, wenn überhaupt). Und an Timmy Martin, diesen Traum von einem jungen Hundehalter, ebenfalls allerliebst anzusehen, gescheit, gelehrig, lieb, treu und mutig und, im Gegensatz zu Lassie, vorbildlichst gescheitelt, weswegen seine Mutter (June Lockhart) ihm auch immer wieder schöne gesunde Leckereien wie Milch in Halblitergläsern aus dem riesigen weißen Kühl-

schrank, der in der Wohnküche neben der Tür stand, gab. Wie konnte irgendein Mensch auf dieser Welt etwas anderes als einen Collie wollen? Warum um Himmels willen hatte Großmutter sich für einen Neufundländer entschieden?
Da erhob Felix sich schwerfällig (meine wilden Zeichen und Rufe: »Spring!«, hatten ihn nur ein bisschen verwirrt, aber weiter keine Reaktion hervorgerufen), kam auf mich zu – und gab mir seine dicke Pfote. Das rührte dann doch mein Herz.

Okay, Freunde, das war fürs sentimentale Träumen. Jetzt reichen wir noch ein paar Infos nach, die die Illusionen unserer Kindertage hinter Wolke sieben verbannen:
Skippy existierte natürlich als lebendes Buschkänguru, es gab aber auch ein ausgestopftes Buschkänguru und eine Pfote am Stecken. Skippy war nämlich gelehrig, aber auch wieder nicht so gelehrig (und willig), dass es alles so gemacht hätte, wie der Regisseur es gern gehabt hätte. In vielen Szenen hampelten beim Dreh bis zu vier Tiertrainer in der Nähe herum und versuchten, das Tier durch Zeichen und Lockungen dazu zu bewegen, über einen umgestürzten Baumstumpf zu hüpfen oder erst nach links und dann nach rechts zu gucken. Später musste das Material mühsam so geschnitten werden, dass nicht lauter sich seltsam verhaltene Erwachsene im Hintergrund des australischen Buschlands zu sehen waren. Und wenn Skippy nur einfach einen Moment im Bild stehend zu sehen sein sollte (zum Beispiel schlau versteckt hinter einem Busch), dann nahm man einfach den ausgestopften Kollegen, anstatt sich ewig mit dem Lebenden abzumühen, das nicht stillhalten und immer woandershin wollte. Skippy war im Üb-

rigen ja ausnehmend geschickt, hatte herausragende feinmotorische Fähigkeiten (wenn es etwa Türen öffnete). Tja. Von wegen. Dafür gab es die Känguru-Pfote am Stecken, die von einem Menschen bewegt wurde. Sonst hätte es wahrscheinlich Nervenzusammenbrüche am Set gegeben wegen all der verpatzten Szenen.

Lassie, das wunderschöne Hundemädchen, wurde im Lauf der Jahre von mindestens sieben Hunden gespielt, und das waren allesamt Rüden! Weil die das dichtere Fell haben, das auf dem Bildschirm noch eindrucksvoller wirkte. Und damit der kleine Betrug auch nicht durch irgendein scharfsichtiges Kind aufgedeckt wurde, hatte man den Rüden stets kleine Kunstfelllappen übers Gemächt gehängt. Ja, wirklich!

Flipper wurde von fünf verschiedenen (allesamt weiblichen) Delfinen gespielt. Die erste hieß Mitzi. Die Delfin-Darstellerinnen Cathy und Suzy verkrafteten es nicht, als sie nach intensiven, fordernden, zuwendungsreichen Drehmonaten auf einmal keine Aufgaben und Beachtung mehr bekamen. Sie wurden lethargisch, erkrankten beide und verendeten kurze Zeit später. Der Delfintrainer Richard O'Barry, inzwischen 70 Jahre alt, der früher mithilfe eines Herings aus einem hungrigen Delfin das Vollbringen fast jedes Kunststücks herausgelockt hat, wurde zum Tierschutzaktivisten, setzt sich inzwischen insbesondere gegen das Abschlachten und Verwursten von Delfinen in Japan ein und trägt T-Shirts mit der Aufschrift »Save Japan Dolphins«.

Wir wollten es unsere Leser nur wissen lassen. Aber mittlerweile glaubt ja von uns auch niemand mehr an den Weihnachtsmann.

# Astmuffen, da steh ich voll drauf!

## Vom Sprachgeist unserer Jugend

### Die Jugend

Ein »astrein«, zum richtigen Zeitpunkt in die Runde geworfen, wies den Sprecher als vollwürdiges Mitglied seiner Zunft, der Siebzigerjugend, aus. Wer als Erstes auf die Idee gekommen war, ausgerechnet einen Ausdruck für astlochfreies Holz (bekommt man, indem man die Bäume sehr eng pflanzt) als Synonym für »klasse« zu benutzen, weiß zwar niemand. »Astrein« konnte mit etwas rhetorischem Feinsinn und Gespür für die Situation noch gesteigert werden durch »astschocke«, »astmuffen« und »astzart«. Diese Wörter nutzten sich jedoch in ihrer Wirkung rasch ab, wenn man inflationär mit ihnen um sich warf, also griff man lieber häufiger auf die Allzweckwaffe »geil« (seit Mitte der Sechziger als Ersatz für »toll« unter den jungen Unangepassten geläufig und bis heute generationenübergreifend beliebt und verbreitet ), »affengeil«, »superaffengeil«, »superaffentittengeil« oder gar – wenn man sich gar nicht mehr zu lassen wusste – auf ein euphorisches »superaffentitten t u r b o geil« zurück. Wer seinen Gefühlen noch immer nicht ausreichend Ausdruck gegeben hatte, be-

kräftigte mit »voll«, »stark«, »irre«, »fetzig« und »spitze«, gern auch kombiniert: »Voll stark, die Mucke!« Oder: »Voll irre, wir haben in der Disse total voll abgehottet!«
Was leicht war, ging »pupe«, wer gehört werden wollte, rief »ey« oder »ey, hömma!«, wer von etwas angetan war, verkündete: »Das kommt gut!« Oder: »Da steh ich (voll) drauf!« Vor Problemen, die man sich einhandeln konnte, wurde mit »Böse Falle!« gewarnt, und wenn »cool« und »super« einfach zu schwach waren, konnte man auch »Wahnsinn!« oder »Schocker!« ausrufen. Gesellschaftliche Veränderungen schlagen sich bekanntermaßen auch sprachlich nieder. Die Heranwachsenden und Jugendlichen jeder Generation befreien sich auf ihre Weise vom sprachlichen Muff der Altvorderen. Ein hingeschlenztes »is ja ätzend!« sicherte ab Anfang der Siebziger die Aufmerksamkeit der Gruppe.
Weitere Begriffe, mit denen man zeigte, dass der Geist der Zeit nicht spurlos an einem vorübergezogen war:

# A

abdrücken
abfetzen
Mach 'nen Abflug!
einen Abgang machen (weggehen)
abhotten (voll wild tanzen)
abkacken (etwas nicht gut hinkriegen)
abkotzen (genervt sein)
abschleppen
abschwirren
abtörnen/antörnen (etwas vertreibt oder macht Lust und Laune, z. B. »Heino törnt voll ab!«, aber: »Suzie Quatro törnt tierisch an!«)
Alte (derbe Anrede für eine Frau, Bezeichnung für die eigene Mutter)
Alter (derbe Anrede für einen Mann/Kumpel, Bezeichnung für den eigenen Vater)

angraben
Armleuchter
Asi
austillen

# B

Backfisch
beleuchtet (schlau)
Bock (Motorrad, Lust)

# D

Dämlack
Disse (Diskothek)

# F

fix und foxi sein
Fleppen (Führerschein)
Mach 'ne Fliege!
Forget it!
futschikato

# G

Gerät (alles, z. B. Schlagzeug, Sonnenbrille, Mofa)

# I

Ich geh kaputt
Ische – feste Freundin

# K

Klammerblues
klaro

# L

Lappen (Führerschein)
Volle Lotte

# M

Macker
Mein lieber Scholli!
mies
Mütze (Polizist)
Mucke (Musik, Musikerauftritt)
Mucker
Mutter (Frau, z. B. »Ey, scharfe Mutter!«)

# N

null (null Bock)

# O

Oldies (Eltern)
Opfer (Doofmann)

# P

Peace (alles locker)
peilen (verstehen)
Penne (Schule)
Penntüte (Schlafsack)
Pauker

# Q

quarzen (rauchen)

# S

Scheibenhonig (anständig für »Scheiße»)
Scheibenkleister (s. o.)
Schese (alte Gurke)

Schieb ab!
schieben (etwas haben/sein, z. B. »einen Depri schieben«)
Schlitten (Auto, oft in Verbindung mit »heiß«)
schnieke (proper, aufgeputzt, schick)
Schuppen (Ort, an dem etwas stattfindet)
steil (super, scharf, z. B. steiler Zahn)

## T

tierisch (voll, z. B. tierisch nervig)
Torte (Frau)
tschüssikowski
Tusse/Tussi (Frau)

## V

Vokuhila (Vorne-kurz-hinten-lang-Frisur, damals beliebt bei z. B. Dieter Bohlen, Rudi Völler und Tausenden von Vorstadtaufreißern)
Volle Kanne

## Z

Zahn (steiler, attraktive Frau)

Nicht verschwiegen werden soll, dass Wörter wie »Spasti« und »Mongo« verbreitete Unmutsäußerungen waren, die man sich gegenseitig an die Köpfe warf, ergänzt durch »Du Zabel!«, nachdem 1974 im ZDF die 7-teilige Serie *Unser Walter. Leben mit einem Sorgenkind* über eine Familie ausgestrahlt wurde, die einen mongoloiden Sohn hat (heute würden wir von Downsyndrom sprechen). Walter hieß mit Nachnamen Zabel.

Worte, die in unserer Kindheit noch in aller Munde waren:

## A

Amtsschimmel
Augenstern

## B

Backfisch
Bandsalat
blümerant
Bückling

## D

dalli
Damenwahl
Depesche
Dreikäsehoch

## E

ehern
etepetete

## F

Fersengeld geben
Flegel
Fracksausen
Fräulein
Frotteekabine
Fuchtel

## G

Gänsewein
Galoschen
garstig
Gemächt
Gretchenfrage stellen
Griesgram

## H

hanebüchen
hold

## I

i-Männchen
intim werden

## J

Jaffamöbel
Jutetasche

## K

Kapriole
Käseigel
Kerbholz
Kleinod
Konfekt
Kranzgeld
Kreiswehrersatzamt

## L

Labsal
Leibesertüchtigung
Lichtspielhaus
Lotterbett
Luftikus
Lump

## M

Manschetten haben
Der deutsche Michel
Mischkassette
Müßiggang

### N

Nagelprobe machen
Nasenfahrrad
naseweis

### P

picheln
Priem

### R

Ratzefummel
Rüpel

### S

salbadern
Schelm
Schlüpfer
Sittenstrolch
Sommerfrische

### T

Testbild
Trockenhaube
Tusnelda

### W

Wählscheibe

## Die Erwachsenen

Ältere Herrschaften freuten sich noch über Kaiserwetter und nach dem Waldspaziergang gab's für Opa ein Herrengedeck, das ihm der Herr Ober spornstreichs brachte, während seine Gattin sich aufs Auslöffeln einer Pampelmuse beschränkte und schon mal plante, sich am Abend fernmündlich zu erkundigen, ob ihre Tochter die wilde Ehe nicht endlich aufgeben wollte, was sollte denn der Humbug.

Meine Mutter hatte damals manchmal so einen Gesichtsausdruck drauf, den ich gar nicht von ihr kannte: ein bisschen nachdenklich, ein bisschen aufgeregt und irgendwie auch ein bisschen aufmüpfig. Anfang der Siebziger ging es los: Alice Schwarzer forderte mehr Selbstbestimmung für Frauen und weniger Sexismus und brachte 1977 die erste *EMMA*, Zeitschrift für Frauen von Frauen, heraus. Die frauenbewegte

Pornogegnerin und Abtreibungsbefürworterin war mit der Französin Simone de Beauvoir befreundet und trug dazu bei, deren politischen Feminismus auch in Deutschland zu verbreiten. Das tat sie mit Erfolg, wenngleich sie selbst mitunter aussah, als trage sie die ganze Last der Frauenbefreiung in ihren Gesichtszügen spazieren.

Die Sprachwissenschaftlerin Luise F. Pusch bemängelte »das Deutsche als Männersprache«: Sätze wie: »*Jeder* erlebt *seine* Schwangerschaft anders«, würden gedankenlos dahergeredet – statt: »*Jede* erlebt *ihre* Schwangerschaft anders.« Oder: »Kann mir einer von euch mal sein Fahrrad leihen«, fragt die junge Frau ihre Freundinnen – statt »*eine ihr*«.

Es gab viel Aufregung um eine »geschlechtergerechte Sprache«. Varianten wie das sogenannte Binnen-I (beispielsweise AutorIn), provokative Ummünzungen wie »alle Menschen werden Schwestern« und Kombinationen wie »die Sekretär« und »die Arzt« wurden heiß diskutiert. Unsere Nachbarin Frau Sickel bemühte sich redlich, die neuen Ideen umzusetzen, und sprach einige Monate unbeirrbar von »die Friseur«, bei der sie am Samstag einen Termin habe, und »die Lieferant«, wenn die Bäuerin von dem Hof gleich rechts an der Ausfallstraße mal wieder mit ihren Eiern von Tür zu Tür kam. Sie hatte wohl aber nicht das Gefühl, die Gesellschaft tatsächlich zu verändern – dafür aber umso stärker den Eindruck, man werfe ihr zunehmend scheele Blicke zu. Deswegen nuschelte sie sich eine Weile durch verbalen Vermeidungsersatz wie »man« und »jemand« und »die«, bis sie das neumodische Zeugs bleiben ließ und dann auch ihrem Mann wieder die Aktentasche abnahm, wenn er abends nach Hause kam.

Ja, die Frauenbewegung sorgte für Umtriebe und Unruhe. Unsere Mütter konnten mit den feministischen Sprachideen entweder wenig anfangen (schnürten die Schürze umso fester und fühlten sich ihren Geschlechtsgenossinnen auf einmal seltsam entfremdet), oder sie kriegten vor Eifer (und auch ein wenig Ärger) ganz gerötete Wangen und fanden, dass da jemand den Finger auf einen ganz wichtigen, bedenkenswerten Punkt gelegt hat (und dass eh vieles neu überdacht werden müsse, was Männer und Frauen als selbstverständlich hinnehmen). Das Wort »Emanze« kursierte, und wir fanden es eindrucksvoll, aber auch ein bisschen unheimlich, und wir wussten sehr wohl, dass viele, vor allem die Herren, es abwertend meinten. Zum Beispiel Herr Heppenberger aus der Chefetage des örtlichen Schrauben- und Werkzeugteile-Großhändlers, der die Vorstellung, seine willige Vorzimmerdame könnte ihre allzeit fraglos willige Haltung aufgeben, ebenso empörend wie unerträglich fand. Das Schreckgespenst Männerfeindlichkeit geisterte durch die Städte – eins von diesen Worten, die auf beunruhigende Weise davon kündeten, dass wieder einmal nicht alles schön so bleiben würde, wie es war.

## Haddu Häschenwitze? Muddu erzählen!

Sie stellten zweifellos einen Tiefpunkt der Unterhaltungskunst dar, waren aber ungemein beliebt:

Kommt Häschen wieder mal in die Apotheke:
»Haddu Möhrchen?«
Dem Apotheker reicht es: »Weißt du was, Häschen, ich habe genug von deiner ständigen Fragerei. Ich schmeiß den Job. Du kannst ihn übernehmen.«
Häschen übernimmt die Apotheke. Am nächsten Tag kommt der Apotheker und fragt:
»Na, haddu Möhrchen?«
Antwortet Häschen: »Haddu Rezept?«

✶

Ruft Häschen in einer Molkerei an: »Haddu Milch?«
»Ja.«
»Haddu auch fettarme?«
»Natürlich.«
»Muddu lieber langärmelige Blusen tragen.«

✶

Kommt Häschen mit seinem Dreirad an die Tankstelle.
Häschen: »Kandu bitte volltanken?«
Tankwart: »Du hast wohl 'ne Schraube locker.«
Häschen: »Kandu auch gleich festmachen!«

✶

Ruft Häschen beim Metzger an: »Haddu kalte Platte?«
»Klar habe ich kalte Platte«, sagt der Metzger.
»Muddu Mütze anziehen, sonst widdu krank!«

## Kinderwitze

Sie meinen, das war unterste Schublade? Es ging noch drunter!

- Alle Kinder rennen aus dem brennenden Haus – nur nicht Klaus, der guckt raus.
- Alle Kinder rennen über die Straße – nur nicht Uli, der klebt vorm Bulli.
- Alle Kinder sitzen ums Feuer – nur nicht Gitte, die sitzt in der Mitte.
- Alle Kinder sitzen auf dem Baum – nur nicht Gunther, der liegt drunter.
- Alle Kinder gehen ans Grab – nur nicht Hagen, der wird getragen.
- Allen Kindern steht das Wasser bis zum Hals – nur nicht Heiner, der ist kleiner.
- Alle Kinder stehen am Abgrund – nur nicht Peter, der geht noch 'n Meter.
- Alle Kinder spielen auf der Straße – nur nicht Rolf, der liegt unterm Golf!
- Alle Kinder füttern den Löwen – nur nicht Jutta, die ist das Futter.

## Beliebte Vornamen:

Alexander, Andreas, Christian, Michael, Stephan, Jan, Moritz, Felix

Katharina, Sabine, Sandra, Julia, Stephanie, Claudia, Annette, Petra

## Auto-Spitznamen:

Der **Opel Rallye-Kadett B Coupé**, ab 1966 ein Objekt der Begierde vor allem bei jungen Fahrern, wog nur 800 Kilogramm, hatte aber stolze 60 PS und nebst schwarzen Breitstreifen eine schwarze Motorhaube, was ihm schnell den Beinamen **Schwarzer Sarg** einbrachte.

Der **Citroën DS** sah nicht nur so aus – die Buchstaben D und S mit Gefühl ausgesprochen klangen exakt wie das französische Wort »déesse«: **Die Göttin.** Einer Göttin gemäß sind die gut 80 000 Vorbestellungen nach der Präsentation auf dem Pariser Salon 1955 bis heute legendär. Die Göttin wurde bis 1975 gebaut.

Den **Roadster Mercedes SL (W 113)** gab es ab Werk von 1963 bis 1971. Wegen seines leicht nach innen gebogenen Daches hieß er **Pagode**.

Der grandiose **Kugelporsche** oder **Käfer** war ein **Volkswagen** mit gleich zwei bekannten Spitznamen. Er feierte auf der ganzen Welt Erfolge und hieß sogar in der Werbung »Käfer«.

Wer sich auskennt, spricht von einer »Döschewo«. Gemeint ist der **Citroën 2CV**, die **Ente**, mit der man bestens gefedert und gemächlich bei geöffnetem Klappfenster durch die Lande watscheln konnte.

Da er knallrot lackiert war und mit einem neumodischen unübersehbaren Überrollbügel ausgestattet war, hatte der **VW Golf I Cabrio** rasch den Spitznamen **Erdbeerkörbchen** weg.

Bis Mitte der Siebziger wurde der **VW Typ 147** (zwei Kubikmeter Laderaum und zwei Schiebtüren) gebaut und diente der Post als Päckchen-Kutsche. Den Namen **Fridolin** soll ihm ein Mitarbeiter gegeben haben, der sich sofort in den unprätentiösen Prototypen verliebte.

In dem rundlichen **VW-Bus** mit der bulligen Front (den die Monteure schon vor der ersten Auslieferung liebevoll **Bulli** nannten) wurden Hippie-Träume wahr: Der Bulli war das Transport- und Reisemobil der Siebziger.

Der **Trabant**, der von 1964 bis 1990 als Zweitakter nahezu unverändert gebaut wurde, hat die meisten Spitznamen unter den Automobilen: **Trabi**, **Sachsenporsche**, **Rennpappe** (dabei war er gar nicht aus Pappe, sondern aus Baumwolle und Kunstharz!) sind die bekanntesten; wir hätten aber auch **Gehhilfe**, **Duroplast-Bomber**, **Papp 50**, **Fluchtkoffer**, **Mercedes Krenz**, **Arbeiter-und-Bauern-Mercedes**, **Asphaltblase**, **Überdachte Zündkerze** und **Regenschirm mit Rädern** zu bieten.

Den **Volvo P 1800 ES** gab es nur zwischen 1971 und 1973, aber wegen seiner großzügigen Heck-Glasflächen ging er als **Schneewittchensarg** in die Automobilgeschichte ein.

# Verschwundene Dinge

## A

Achselhaare
Acrylbluse
Afghanenmantel
Afrolook
Antibelagkau-tablette
Apfelschnapsbon-bons
Apfelshampoo
Asbach-Cola
Autofreier Sonntag

## B

Bademützen
Bandsalat
Bazooka
Bessi
Blaupausen
Blitzwürfel
Bohnerwachs
Boing-Ball
Bonanza
Bundfalten

## D

Daktari
Dalli Dalli
Dauerwelle
Dia Abende
Dolomiti
Drehaschenbecher
Duschhauben

## E

Eierlikörflip
Einkaufsnetze
Einweckgläser
Eisverkaufpausen im Kino
emaillierte Koch-plattenabdeckun-gen
Erdnussspender

## F

Faltenröcke
Faserschmeichler
Fernsehansagerin-nen
Filterkaffee
Flachspüler
Flipper
Flipperautomaten
Flokatiteppiche
Föhnwellen
Fototapeten
Frau Karin Som-mer
Frauengold
Frotteekabinen

## G

Gard-Haarstudio
Gardinen
Gepäckträger
gestopfte Socken
Gilb
Glühbirne
Goldkante
Grauschleier
Grünofant
Gummitwist

## H

Häkelbikini
Handmixer (mit Kurbel)
HB-Männchen
Herrenhandtaschen
Hosenträger
Hüfthalter

## J

Jodtinktur

## K

Kaba-Brotschmaus
Kabafit Heidelbeere
Kaffeewärmer
Käseigel
Kassetten
Kittelschürzen
Klappzahlenwecker
Klementine
Klick-Klack
Klorollenmützen gehäkelte
Knibbelbilder aus Kronkorken
Knulli-Bullis
Kohlepapier
Kosakenkaffee
Koteletten
Kragenspeck

## L

Lassie
Lavalampen
Lenorgewissen
Lohntüten

## M

Märchenplatten
Meister Proper
Minipli
Mischkassetten
Mofas
Monchichis
Mono
Münzsprechautomaten
Musikboxen

## N

Negerkuss

## P

Parkplatzwärter
Partykeller
Persil-Mann
Pilzleuchte
Plateauschuhe
Plattenspieler
Platzanweiser
Prilblume
Programmansagerinnen

## Q

Quecksilberthermometer
Quelle-Katalog
Quickis (Nesquik)

# R

RAF-Fahndungsplakat
Raucher in Restaurants
Registrierkassen
Rente
Rollschuhe
Rubbelbilder
Russische Eier

# S

Sandmännchentapeten
Schallplatten
Schambchaarung
Schauma-Familie
Schlaghosen
Schmetterlingskragen
Schnauzer
Schrankenwärter
Schrankwände
Schreibmaschinen
Schulmädchenreport
Shaker Maker
Silberpfeil
Skippy
Slime
Spasti und Spacko
Spülhände
Steno
Stofftaschentücher
Strahlerküsse
Sunkist
Super-8-Filme

# T

Tankwart
Telefonkabel
Telefonoberbekleidung
Telegramme
Teletennis
Teppichklopfer
Teppichstangen
Testbild
Tilly (Palmolive)
Tischdecken
Tonbandgeräte
Trabi
Trambahnschaffner
Treets
Trimm-dich-Pfade
Trimmy
Trockenhauben
Tropfenfänger

# V

Verwöhnaroma
Vokuhilas

# W

Wackeldackel
Wählscheiben
Walkman
Waltons
Wäscheschleuder
Wechselstuben
Wehrpflicht

# Ritsch, ratsch, klick!

## Fotos und Fotografieren

Früher war Fotografieren eine besondere und äußerst kostspielige Angelegenheit. Es musste schon einen ganz besonderen Anlass geben – etwa eine goldene Hochzeit oder einen Vortrag des Alpenhallodris Luis Trenker im Bürgersaal unserer kleinen Heimatstadt, damit jemand seine 5 Kilogramm schwere Minolta HI-Matic E, mit Varta-V-640PX-Batterien betriebene Kamera mitschleppte. Man überlegte sehr genau, welche Motive wirklich würdig waren, festgehalten zu werden. Nun – ich war angeblich kein sehr hübsches Baby. Meine Verwandtschaft soll damals sogar in mir halslosem, pausbäckigen Säugling mit schwarzer Haartolle eine Ähnlichkeit mit Franz Josef Strauß erkannt haben. Ich vermag dies nicht zu beurteilen, denn es gibt ja nur ein einziges, unscharfes Babyfoto von mir – damals noch in Schwarz-Weiß – nicht als Neugeborenes im Kreißsaal oder in den ersten Lebenstagen, sondern mit knapp einem Jahr in den Armen meiner glutäugigen, hübschen Geschwister. Mein Kopf klappt, leicht überstreckt, über den Arm meiner stolz grinsenden Schwester (oder machte sie sich damals schon über mich lustig?), und so ist von mir nur der madenförmige Körper, die Spreizhose und mein eindrückliches Doppelkinn zu sehen. Von meinen Geschwistern dagegen existieren mehrere Babybilder. Diese ersten Schwarz-Weiß-Fotografien aus unserer Kindheit, Mutti mit Luis Trenker, Oma und Opa bedrückend ernst an ihrem 50. Hochzeitstag, Vati und mein Bruder stolz auf der Motorhaube des neuen Opel Kadett, und wir alle unterm Weihnachtsbaum 1968, 1969, 1970 und 1971, haben ihr Gnadengrab in einem geblümten, angestaubten Karton auf Muttis Schlafzimmerschrank gefunden. Und eigentlich bin ich heute ganz beruhigt, dass damals noch keiner ein Bild von mir samt Nachgeburt, nur eine Stunde nach der Niederkunft, öffentlich ins Internet stellen und um die Welt beamen konnte. Ab Anfang der Siebziger fotografierte meine Mutter in Farbe. Das war wirklich unverschämt neu und modern! Alle Aufnahmen schienen am Abend jenes Tages gemacht worden zu sein, an dem roter Saharasand in unsere Breiten gewirbelt worden war. Wer kennt sie nicht, die gnadenlos schlechten, orangestichigen, grobkörnigen Farbfotografien der ersten Stunde, die es tatsächlich schafften, den Schwarz-Weiß-Fotos sofort den Rang abzulaufen? Mein Bruder nass gescheitelt, im viel zu großen braunen, geerbten Cordanzug mit weißen Handschuhen und Kommunionskerze mit Tante Erika und Großmutter auf den Waschbetonstufen vor der messingbeschlagenen Eingangstür neben der Glasbausteinwand unseres neuen Bungalows. Meine Mutter hatte beim Auslösen nicht darauf geachtet, dass Tante Erika unmittelbar vor der Metallstütze des Vordaches stand. Auf dem Foto sieht Erika in ihrem beige-rot-grün-gestreiften Kostüm und passender Kappe nun aus wie ein Schaschlikspieß mit geschlossenen Augen. Oma wollte sich gerade noch ihr Hütchen fürs Foto zurechtrücken und ist deswegen von ihrer weißen Lackhandtasche verdeckt. Und mein Bruder, mit dem unbarmherzigen Kassen-Hornbrillengestell, wäre nun wirklich nicht den hohen Preis dieses einen Abzuges wert gewesen, der ihn für immer und ewig an jenen bedeutenden Tag in seinem Leben erinnern sollte. Meine Schwester lästerte damals, man müsse unter dieses Bild »Vorsicht Schusswaffen« schreiben, denn mein Bruder erinnere sie doch sehr an den grimmig dreinblickenden Holger Klaus Meins vom RAF-Fahndungsplakat. Diese Plakate kannten wir in- und auswendig. Denn überall, wo wir mal wieder auf Mutti warten mussten, blickten uns die RAF-Leute düster entgegen und wir starrten mit schreckgeweiteten Augen zurück. Nun, das Foto meiner Schwester vom ersten Schultag war nicht viel vorteilhafter: rausgeputzt im unverschämt kurzen Dralonkleid mit geblümter Riesenkrawatte, langen weißen Kniestrümpfen, x-beinig, mit bepflasterten Kniescheiben, zahnlosem Grinsen, leicht übergewichtig und mit Nana-Mouskouri-Brille steht sie neben der grünen Kinderklapptafel mit der Aufschrift: »Mein erster Schultag 1972«, die Schultüte im Würgegriff – der Inbegriff eines Klassenschnittdrückers und Burnoutbeschleunigers! Ich bekam zu meiner Erstkommunion eine Agfamatic 4000 – Ritsch-ratsch-klick-Kamera, bei der der Film durch das Zusammenschieben des Gehäuses (Ritsch-ratsch) transportiert wurde, bevor man mit einem »Klick!« auslösen konnte. Von meiner Erstkommunion gibt es deswegen viele Bilder – nur wieder nicht von mir. Zudem hing anscheinend immer ein Teil meines Kommunionkind-Kopfschmuckes vor dem Sucher und es stellte sich bald als maßgeblich heraus, vor dem Auslösen die geschätzte Entfernung des gewählten Motives an der idiotensicheren Kamera voreinzustellen und auf zirkuselefantenähnlichen Kopfputz als Fotograf zu verzichten. Herrlich war die neue Möglichkeit mit dieser Kamera, dank aufsetzbarer Blitzwürfel, Innenaufnahmen zu machen. Sengschäden, wie früher beim Fotografen, gab es zwar nicht mehr, die vier mit Magnesiumfolie gefüllten (sauteuren) Einweg-Glaskolben leuchteten jedoch beim Auslösen derartig grell auf, dass die Festgesellschaft an der Geburtstagstafel auf dem Foto von Uromas 75. mit angstverzerrten Gesichtern, leichenblass und rotäugig wie eine Schar verschreckter Opossums vor ihren leer gemümmelten Kuchentellern sitzen. Zur Entwicklung brachte man die Filme in ein Fotofachgeschäft, in dem der Besitzer des Ladens den Film persönlich entgegennahm, eigenhändig das gewünschte Format notierte und freundlich den umständlich ausgefüllten Abholschein aushändigte. Bis zu drei Wochen Wartezeit waren durchaus normal, bis man endlich die Bilder bekam, die ein kleines Vermögen kosteten und ausnahmslos abgenommen werden mussten, auch wenn alle Abzüge schwarz waren, weil irgendwie Licht ins Kameragehäuse gekommen war. Weil man so sparsam fotografierte, war der Film manchmal über Monate in der Kamera gewesen und man konnte sich teilweise gar nicht mehr erinnern, wann – und vor allem warum – Mutti ausgerechnet mit Horst Kloppstock eng umschlungen am Strand getanzt haben sollte, bis man den unscharfen Hintergrund als Fototapete im Partykeller der Gerstenschluckers ausgemacht hatte. Welches von uns drei Kindern war damals eigentlich im Fasching als Kaminkehrer verkleidet vorm Garagentor der Hempels abgelichtet worden? Und warum um alles in der Welt hatte man das stark gemusterte

Sofa vor der psychedelischen Tapete im Wohnzimmer fotografiert? – Nach längerer Betrachtung, wie bei einem Magic-Eye-Bild, bemerkte man, dass da die verwackelte (aber ansonsten rattenscharfe) Cousine Heidi im ähnlich gemusterten Kleid, mimikrimäßig getarnt, darauf saß! Heute kleben diese Einzelstücke mit Seltenheitswert nicht unbedingt chronologisch geordnet in einem Familienalbum. Mein Vater hat sich, als er pensioniert wurde, die Mühe gemacht, die Farbfotos einzukleben. Darunter hat er Kommentare geschrieben wie: »Wahrscheinlich Markus im Fasching 1976 oder 1977.« Oder: »Mutti sonnt sich an der Raststätte – Stolpe!«

1977 wurde im Fotolabor unser Film mit den alljährlichen Sommerurlaubsfotos aus Jesolo mit einem fremden Film verwechselt. Als wir (um Weihnachten herum) gespannt die Fototüte aufrissen, fanden wir 36 Fotos vor, von denen die eine Hälfte einen feisten Mann mit Sonnenbrand auf der Glatze zeigte, der eine riesige Serviette um den Hals gebunden hatte und vor einer üppig beladenen, fetttriefenden Poseidonplatte saß, und die andere Hälfte eine wesentlich jüngere Blondine, die mit Sonnenbrille und Malteserpudel im Liegestuhl am Strand lag und verführerisch ihre rot bemalten Schlauchbootlippen schürzte und an einem grasgrünen Cocktail saugte. Trotz hartnäckiger Reklamation im Fotogeschäft rückten der Dicke und seine platinblonde Geliebte unsere Familienbilder nie mehr heraus. Mein Vater hat dafür ein Bild der Blondine in unserem Familienalbum verewigt. »Wahrscheinlich 1977 mit Margit und Fiffi auf Mykonos«, hat er es genannt, leider konnte man damals noch nicht mit Photoshop Cellulite wegstempeln …

# »Hier ist Berlin!«

## Hitparade mit Dieter Thomas Heck

Schlager fanden ja eigentlich nur die kleinen Geschwister und die älteren Tanten richtig gut. Aber das galt nur für die Welt außerhalb des Wirkungsbereichs von Dieter Thomas Heck. Der hatte etwas Soghaftes, etwas Unumgängliches. Schlagergesang zum Halbplayback, präsentiert von dem Flensburger Ex-Autoverkäufer und Schnellsprecher Nummer eins, war sofort ein Riesenerfolg. Das Mikro, in das Heck in so sagenhafter Geschwindigkeit hineingesprochen hat, ist wahrscheinlich eigens für ihn erfunden worden. Es kann nicht anders gewesen sein.

Seine Maschinengewehrstimme steigerte seine Unterhaltungs-Autorität (»Reiner, fahr ab!«) ins Unermessliche, für uns, die wir andächtig im orangefarbenen Sitzsack hingen, die Füße auf dem Flokati, die Hand in den Erdnussflips, und dem zusahen, was da in Berlin Großes vor sich ging. *Hitparade* zu gucken war nicht einfach Schlager hören. *Hitparade* war wie die Schaltzentrale der deutschen Unterhaltungsindustrie, das war ein privilegierter Blick hinter die Kulissen, ein Zugelassenwerden in die höheren Sphären des Showbiz: in ein Studio, dessen Ausstattung den Namen Design verdiente, mit

Stars, die nicht bühnenhafte Distanz wahrten, sondern den rund um die Bühne platzierten Zuschauern nahe kamen. Und Dieter Thomas Heck gebot über diesen Laden, 183 Mal. Nach sekundengenauer Angabe der Uhrzeit schmetterte er: »Hier ist Berlin!«, genauer: Studio 4 der Berliner Union Film. Zum ersten Mal am 18. Januar 1969. Man war gebannt. Kirchentellinsfurt, Castrop-Rauxel, Harsewinkel und sicher auch etliche Freunde aus dem Osten waren ins Mark getroffen, erwarteten ungeduldig den nächsten Sendetermin, den Blick auf die damals noch ihres Amtes enthobene Hauptstadt gerichtet. Heck, der eigentlich Carl-Dieter Heckscher hieß, den Namen Thomas aber als passender für sich empfunden hatte, sah aus wie ein Staubsaugervertreter, auch wenn er – zugegebenermaßen – Koteletten wie ein Gangster hatte, und man wurde den Verdacht nicht los, er mische stets ein wenig Beton in seinen Föhnfestiger – wie können Haare so unbewegt sitzen? Charme gehörte nicht zu Hecks Haupteigenschaften, gut sah er auch nicht aus, und fanden wir ihn sympathisch? Eher nicht. Es fehlte ihm die Herzenswärme eines Peter Frankenfeld und die Geschmeidigkeit eines Hans-Joachim Kuhlenkampff. Aber er hatte diese Entschlossenheit, dieses Mundwerk, diese Art, aus einer allmonatlichen Schlagerparade einen bundesweit relevanten Wettbewerb zu machen, den man auf gar keinen Fall verpassen durfte. Cindy & Bert, Marianne Rosenberg, Roberto Blanco, Howard Carpendale, Udo Jürgens, Roland Kaiser, Nicole, Bata Illic, Karel Gott, Bernd Clüver, Jürgen Marcus, Ireen Sheer, Ingrid Peters, Tony Marshall, Wencke Myhre, Andrea Jürgens, Chris Roberts, Mary Roos, Juliane Werding, Drafi Deutscher, Rex Gildo, Roy Black, Frank Zander, Roger

Whittaker, Nino de Angelo, Lena Valaitis, Gitte, Andy Borg, Vader Abraham, Paola – ruft hier mal jemand Stopp!? – sie alle traten ja nicht einfach nur so auf, um uns Samstagfrühabendfamilie zu unterhalten. Nein, sie stellten sich einer Herausforderung: Die Zuschauer wählten den Siegertitel, per Stimmkarte, spannend war das! In der nächsten Sendung kamen fünf siegreiche Interpreten wieder, sieben wurden neu vorgestellt. Der Auswahlmodus wurde gelegentlich geändert, da konnte man durchaus mal den Überblick verlieren. Unvergessen allerdings bleibt die Phase, als nicht mehr die Stimmen der Zuschauer entscheidend waren, sondern die Plattenverkäufe – was an eine schwer zu ertragende Etappe im Jahr 1978 erinnert, als Vader Abraham und seine Schlümpfe uns fünf Monate am Stück die Ohren vollplärren durften. Media Control – das klang nach Moderne, nach Durchblick, nach Wichtigkeit, nach Richtigkeit – machte es möglich. Die sieben Monate mit Paolas »Blue Bayou« gingen ja noch.
Und während andere Sendungen mit einem schnöden Abspann, der über den Schirm lief, endeten, hämmerte Heck mit eigener Stimme in unsere Ohren, wer der Mann an der Kamera gewesen war, wer zuständig für Maske, Bildschnitt und Regie. Ob ich den Namen Joachim Czerczenga (Szenenbild) je werde vergessen können? Wohl nicht. Und den Schluss krönte die dröhnend hervorgebrachte Info, dass dies eine Sendung »Ihres Zettt-Deee-Efff« gewesen sei. Im Dezember 1984 moderierte Heck zum letzten Mal; aus Schlagern war die Neue Deutsche Welle geworden, das alte Stammpublikum war vom Trio mit »Da da da« ebenso wenig begeistert wie Heck selbst. Die *Hitparade* gab es bis 2000 – aber was zählt, sind die Heck-Jahre.

## Schlager-Single-Bestseller in Deutschland von 1970 bis 1979

| | |
|---|---|
| ◆ Du | Peter Maffay |
| ◆ Dein schönstes Geschenk | Roy Black |
| ◆ Schön ist es auf der Welt zu sein | Roy Black und Anita |
| ◆ Butterfly | Danyel Gerard |
| ◆ Ich hab die Liebe geseh'n | Vicky Leandros |
| ◆ Komm gib mir deine Hand | Tony Marshall |
| ◆ Es fährt ein Zug nach Nirgendwo | Christian Anders |
| ◆ Am Tag, als Conny Kramer starb | Juliane Werding |
| ◆ Fiesta Mexicana | Rex Gildo |
| ◆ Michaela | Bata Illic |
| ◆ Der Junge mit der Mundharmonika | Bernd Clüver |
| ◆ Der kleine Prinz | Bernd Clüver |
| ◆ La Paloma ade | Mireille Mathieu |
| ◆ Immer wieder sonntags | Cindy & Bert |
| ◆ Tränen lügen nicht | Michael Holm |
| ◆ Theo, wir fahr'n nach Lodz | Vicky Leandros |
| ◆ Paloma Blanca | George Baker Selection |
| ◆ Griechischer Wein | Udo Jürgens |
| ◆ Wenn du denkst, du denkst, dann denkst du nur, du denkst | Juliane Werding |
| ◆ Die kleine Kneipe | Peter Alexander |
| ◆ Schmidtchen Schleicher | Nico Haak |
| ◆ Anita | Costa Cordalis |
| ◆ Ein Bett im Kornfeld | Jürgen Drews |
| ◆ Tanze Samba mit mir | Tony Holiday |
| ◆ Blau blüht der Enzian | Heino |

- Orzowei – Oliver Onions
- Im Wagen vor mir – Henry Valentino und Uschi
- Das bisschen Haushalt – Johanna von Koczian
- Kreuzberger Nächte – Gebrüder Blattschuss
- Das Lied der Schlümpfe – Vader Abraham und die Schlümpfe
- So bist du – Peter Maffay
- Dschinghis Khan – Dschinghis Khan
- Moskau – Dschinghis Khan

# Aaha, Aaha, Du bist so heiß wie ein Vulkan

## Filetstücke der deutschen Schlagerrhetorik

**Costa Cordalis *Anita* 1976**

Ich fand sie irgendwo allein in Mexiko
Anita
Ich seh dir an, da schlummert ein Vulkan!
Du wartest auf die Liebe,
Ich will sie wecken,
Und alles entdecken,
Was keiner bisher sah.
Oh.
Um uns herum
Da saßen sie ganz stumm
Und machten große Augen
Die Companeros mit ihren Sombreros
Denn nun gehörst du mir.
Oh.
Anita.

**Bernd Clüver** ***Der Junge mit der Mundharmonika*** **1973**

Der Junge mit der Mundharmonika
Singt von dem, was einst geschah
In silbernen Träumen
Von der Barke mit der gläsernen Fracht,
Die in sternenklarer Nacht
Deiner Einsamkeit entflieht.
Du hörst sein Lied,
Und ein Engel steht im Raum,
Dann weißt du nicht
Ist es Wahrheit oder Traum.

**Howard Carpendale** ***Deine Spuren im Sand*** **1975**

Es gab nur uns beide für mich –
Ich wusste, ich hatte dich.
Wie einfach und klar doch alles war.
Deine Liebe, sie schwand –
wie die Spuren im Sand.
Da bin ich nun. Was kann ich tun?

**Michael Holm** ***Mendocino*** **1973**

Sie sagte, sie will mich gern wiederseh'n,
Doch dann vergaß ich leider ihren Namen.
Mendocino, Mendocino,
Ich fahre jeden Tag nach Mendocino.
An jeder Tür klopfe ich an,
Doch keiner kennt mein Girl in Mendocino.

Tausend Träume bleiben ungeträumt,
Und tausend Küsse kann ich ihr nicht schenken.
Ich gebe nicht auf und suche nach ihr,
In der heißen Sonne von Mendocino.

**Jürgen Drews *Ein Bett im Kornfeld* 1976**

Etwas später lag ihr Fahrrad im Gras.
Und so kam es, dass sie die Zeit vergaß.
Mit der Gitarre hab ich ihr erzählt von meinem Leben.
Auf einmal rief sie: »Es ist höchste Zeit,
schon ist es dunkel und mein Weg ist noch weit!«
Doch ich lachte und sprach: »Ich hab dir noch viel zu geben.«

**Heino *Blau blüht der Enzian* 1972**

Wenn des Sonntags früh um viere die Sonne aufgeht
Und das Schweizer Madel auf die Alm 'naufgeht,
Bleib ich ja so gern am Wegrand stehen, ja, stehen,
Denn das Schweizer Madel sang so schön.
Holla hia hia holla di holla di ho
Holla hia hia holla di holla di ho
Blaue Blumen dann am Wegrand stehen, ja, stehen,
Und das Schweizer Madel sang so schön.
Ja, ja, so blau, blau, blau blüht der Enzian,
Wenn beim Alpenglühen wir uns wiedersehen
Mit ihren ro-, ro-, ro-, roten Lippen fing es an
Die ich nie vergessen kann. – Ja.
In der ersten Hütte, da haben wir zusammen gesessen.

In der zweiten Hütte, da haben wir zusammen gegessen.
In der dritten Hütte hab ich sie geküsst.
Keiner weiß, was dann geschehen ist.
Holla hia hia holla di holla di ho
Holla hia hia holla di holla di ho
In der dritten Hütte hab ich sie geküsst.
Keiner weiß, was dann geschehen ist.

**Bata *Ilic Michaela* 1972**

Du bist alles für mich, denn ich liebe nur dich,
Michaela!
Und mit dir ganz allein, will ich nur glücklich sein,
Michaela!
Jeder Tag ist so schön, weil wir zwei uns verstehn,
Michaela!
Du bist mein Sonnenschein, lass mich nie mehr allein
Michaela!

**Rex Gildo *Fiesta Mexicana* 1972**

HOSSA! HOSSA! HOSSA! HOSSA!
Fiesta, Fiesta Mexicana,
Heut geb ich zum Abschied für alle ein Fest!
Fiesta, Fiesta Mexicana,
Es gibt viel tequila, der glücklich sein lässt!

**Marianne Rosenberg *Marleen* 1976**

Marleen, Marleen, Marleen, eine von uns beiden muss nun gehen,
Marleen, drum bitt ich dich, geh du, Marleen.
Was willst du grad von diesem Mann,
wo du so viele andre haben kannst?
Ist er nicht nur ein Zeitvertreib für dich?
Ich hab nur einen Mann, mmh, lässt du ihn gehen irgendwann, mmh,
so wär er doch verloren für mich.
Marleen, eine von uns beiden muss nun gehen,
Marleen, drum bitt ich dich, geh du, Marleen,
Marleen, du musst gehen, Marleen.

**Cindy & Bert *Wenn die Rosen erblühen in Malaga* 1975**

Dididi, dididi, dididi, olé!
Dididi, dididi, dididi, olé!
Wo die Sonne schöner scheint, olé!
Wenn der Tag erwacht, olé!
Wo uns zwei das Glück vereint, olé!
In der Sternennacht, olé!
Wo der Himmel freundlich schaut, olé!
Auf ein Liebespaar, olé!
Da ist alles anders, als es war!
Da kommt die spanische Nacht dir spanisch vor!

**Tony Holiday** ***Tanze Samba mit mir*** **1977**

Aaha, Aaha
Du bist so heiß wie ein Vulkan.
Aaha, Aaha
Und heut verbrenn ich mich daran.

**Mireille Mathieu** ***La Paloma ade*** **1973**

Weine nicht, wenn ich einmal nicht wiederkehr!
Such einen andern dir, nimm es nicht zu schwer!
La Paloma ade!
Wie die wogende See, so ist das Leben ein Kommen und Gehn,
Und wer kann es je verstehn?

**Vicky Leandros** ***Ich hab die Liebe geseh'n*** **1972**

Wir schauten uns nur an
Und das Glück begann.

**Johanna von Koczian** ***Das bisschen Haushalt*** **1977**

Das bisschen Haushalt macht sich von allein,
sagt mein Mann.
Wie eine Frau von heut darüber stöhnen kann, ist ihm ein Rätsel,
sagt mein Mann.
Und was mein Mann sagt, stimmt haargenau,
ich muss das wissen, ich bin ja seine Frau.

**Vader Abraham *Das Lied der Schlümpfe* 1977**

Sagt mal, von wo kommt ihr denn her?
Aus Schlumpfhausen, bitte sehr!
Sehen alle da so aus wie ihr?
Ja, wir sehen so aus wie wir!
Was mögt ihr am liebsten tun?
Schlumpfen ohne auszuruhn!
La la la …

**Juliane Werding *Wenn du denkst, du denkst, dann denkst du nur, du denkst* 1975**

Der Tag war zu Ende, und ich war zufrieden mit mir.
Da ging ich, weil ich nicht schlafen konnte, noch aus auf ein Glas Bier.
Dorthin, wo die Männer an Theken und an Tischen
Sich den Schaum von den Lippen wischen.
Sie wurden ganz blass, denn ich gewann das Spiel.
Das war zu viel!

**Udo Jürgens *Griechischer Wein* 1975**

Griechischer Wein ist so wie das Blut der Erde.
Komm, schenk dir ein,
Und wenn ich dann traurig werde, liegt es daran,
Dass ich immer träume von daheim, du musst verzeihen.

# Kragenspeck? Das muss nicht sein!

## Hygiene und Kosmetik

Planschi ist prima, Planschi ist 'ne Wucht. Mit Planschi macht das Baden Spaß … von wegen! Am Samstagabend war Badetag. Duschen gab es meiner Erinnerung nach damals nur in öffentlichen Bädern, Turnhallen oder Hotels. Selbst das frisch eröffnete Kreiskrankenhaus, in dem ich 1968 erstmals in das flackernde Licht einer Leuchtstoffröhre blickte, hatte auf der Entbindungsstation keine Nasszellen für die Wöchnerinnen vorgesehen. Die frischgebackenen Mütter hatten ein Waschbecken im Zimmer und benutzten die öffentliche Toilette auf dem Flur, während die Väter aus hygienischen Gründen vor dem Kreißsaal warten mussten und ihre Stammhalter dann nur durch eine Glasscheibe betrachten durften. Während der ersten Monate wurden wir Säuglinge jeden Tag gebadet, gewogen und komplett eingepudert. Später, als wir eine gründliche Körperpflege wirklich dringender benötigt hätten, fand nur noch samstags eine rituelle Waschung statt. Einmal in der Woche wurde die Wanne für alle drei Kinder eingelassen. Auch wenn wir schon montags Grasflecken an den Knien und Ellenbogen hatten, dienstags Fahrradschmiere an den Waden, mittwochs Trauerränder unter den Fingernägeln und die strähnigen Pilzköpfe meiner Brüder ab Donnerstag glänzten wie Rama-Deckel, wurde man nur Samstags gewaschen, damit man für den sonntäglichen Kirchgang auch auffällig adrett war. Das jüngste von uns Geschwistern musste auf dem Stopfen über dem Badewannenablauf sitzen. Auf einem ehrlichen Gummistöpsel mit einer nach oben stehenden Hartgummilasche, an der eine gewaltige Metallöse mit einer grobgliedrigen Rückholkette befestigt war. Heute ist mir klar, dass das Intimpiercing ein masochistisch veranlagter Drittgeborener erfunden haben muss, wahrscheinlich so Mitte der Siebzigerjahre. Baden war nicht nur deswegen unerfreulich. Da gab es ja noch das pieksende Überlaufgitter im Rücken, den zweitgeborenen Bruder, der es sich in der Mitte der Wanne auf fremden Schienbeinen gemütlich machte, das Shampoo, das in den Augen brannte wie Hölle, auch wenn es wunderbar künstlich nach frischem grünen Apfel roch und den bedrohlich braunen Dreckrand der Woche, der sich am Wannenrand festkrallte. Hinzu kam die grausame Erkenntnis, dass Benny-Ei-Shampoo zwar wie Vanillepudding aussah, auch so roch, aber so was von überhaupt nicht danach schmeckte, und die widerliche Aussicht, wieder als Dritte den Schamlappen benutzen zu müssen. Es gab zwei Waschlappen – für drei Kinder – einen ehemaligen weißen für oben, mit dem man sich auch die Augen zuhielt, wenn die Haare shampooniert wurden, und einen hellblauen für die Unterbodenwäsche – leider galt bei der Reihenfolge der Benutzung unwiderruflich die Thronfolgeregelung. Dafür wurde die Kleinste als Erste mit dem gestreiften Frotteebrett abgerieben, das eigentlich bei Amnesty

International meldewürdig gewesen wäre. Meine Mutter schien damals nicht den leisesten Hauch eines aprilfrischen Lenorgewissens zu haben. Die hellblaue Weichspülerflasche, die im Fernsehen so sanft in den weich federnden Handtuchstapel fiel, zog nie in unseren Haushalt ein. Nur kurzzeitig wurde es besser, als einer meiner Brüder bei der Kirchweih-Tombola ein »Liebe ist …-Badehandtuch« gewonnen hatte. Aber auch dessen Oberfläche entwickelte rasch Rubbelhandschuhqualität. Bei der Creme hatte unsere Familie immerhin den Wechsel von Nivea zu Creme 21 gewagt. Wie in der Fernsehwerbung bekamen wir nach dem Baden immer einen Klecks der »modernen Allzweckcreme für jedes Alter« aus der orangefarbigen Plastikurne zuerst auf die Nase getupft. Der liebevolle Blick, wie ihn die blonde (und obendrein nackte) Reklame-Mama ihren engelsgleichen Kindern dabei zuwarf, war meiner kittelbeschürzten Mutter angesichts des komplett gefluteten Badezimmers abhanden gekommen. Der Abend eskalierte regelmäßig, wenn meine Mutter versuchte, unsere verfilzten Haarmatten mit einem feinzinkigen Metallkamm glatt zu striegeln und uns anständige Seitenscheitel in die Kopfhaut zu fräsen. Weil mein Bruder während dieser Prozedur einmal aus purer Verzweiflung eine ganze Tube Blendi in sich hineingesaugt hatte, wurde die Kinderzahnpasta mit dem künstlichen Himbeergeschmack (oder war es Erdbeer? – Oder doch eher Teewurst?) hoch oben auf dem spiegelnden Alibert verwahrt und nur noch von Mutti persönlich auf unsere Zahnbürsten gedrückt. Kein Kind wurde damals gezwungen, Zahnseide zu benutzen. Der Zusammenhang zwischen Zucker und Karies war immerhin bekannt und alle wollten auch morgen (also genau genommen heute) noch kraftvoll in einen Granny Smith beißen können, ohne dass da blutiges Zahnfleisch am Apfel hängen blieb – so viel war uns erfolgreich vermittelt worden. Reichlich eindrücklich war ja auch die Antibelagwerbung, bei der harmlose Kinder dazu verleitet wurden, eine Zahnbelagfärbetablette zu essen. Mit schreckverzerrtem Gesicht bleckten die Oralschweine, die aussahen wie nach einem Klippensturz, ihr lila-rot verfärbtes Gebiss dann den Fernsehzuschauern ins Wohnzimmer. Wer wollte da noch das Zähneputzen verweigern? Als ich nicht mehr mit meinen Brüdern baden musste und vorsorglich Strahlerkuss-Zahnpasta verwendete, keimten neue Probleme auf. Meine Haut wurde zum Clearasil-Testgelände. Dazu kam mein explosionsartiger Wachstumsschub und ich stand auf dem Schulhof plötzlich wie ein Korallenriff in einem Schwarm possierlicher Zierfische. Das Schlimme war: Wenn das Gesichtswasser nicht ansprach, gab es quasi keine alternative Rettung; allenfalls das Experiment, die Vulkane über Nacht mit Zahnpasta zu ersticken. Tagsüber konnte man immerhin mit einem Pickel-Tipp-Ex die massivsten Anhöhen der Hügellandschaft in Hautfarbe abdecken oder durch lagunenblauen oder raupengrünen Lidschatten (wie Monika Helpup aus der Oberstufe) versuchen, von der Gesichtsbaustelle abzulenken. Die quälende Ahnung hielt sich gleichwohl hartnäckig, zwischen all den pfirsichhäutigen Wachstumsverweigerern als Evolutionsbremse zu enden. Und dann setzte auch noch die Regel ein! Bis 1970 galten menstruierende Frauen als so unrein, dass sie während ihrer Tage kein Blut spenden durften. Auch das Gerücht, Tampons würden das Jungfernhäutchen beschädigen, hielt sich damals noch hartnäckig. Wahrscheinlich war es vielen Müttern einfach zu peinlich, mit ihren Töchtern die Anwendung von o.b.s zu besprechen. Deswegen waren wir jungen Mädels zum Tragen von Camelia-Monatsbinden gezwungen, die in peinlich großen pampersartigen Verpackungen erworben werden mussten. Die Binden selbst hatten französisches Weißbrotformat. Immerhin trugen wir damals keine zahnseideähnlichen Slips, die man mit Mandarinennetzchen hätte verwechseln können, sondern Unterhosen, die den Namen Hose noch verdienten und in denen man die Hygiene-Surfbretter problemlos versenken konnte. Die Verwendung eines Deos (oder eines Antitranspirants, wie es in der Reklame hieß), wurde in den Siebzigern zum Muss, denn in den synthetischen, hautengen Dralonoberteilen schwitzte man auch bei Minusgraden und entwickelte pizzagroße Schweißflecken unter den Achseln. Die Kunststofffasern symbiotisierten prächtig mit Keimen und Bakterien und besonders junge Männer (wie meine Brüder) begannen schnell, wie lange vergessene Turnbeutel zu riechen. Da half auch eine Fernfahrerdusche mit Vatis Rasierwasser Old Spice nichts. Gott sei Dank gab es ja verlässliche Waschmittel, die nicht nur sauber, sondern rein wuschen. Auch wenn die ebenso mütterliche wie resolute Waschfrau Klementine in rot-weiß-kariertem Hemd, weißer Latzhose und Schirmmütze stets einen kompetenten Rat in Form eines Ariel-Päckchens für verzweifelte Hausfrauen, die auf ihrer Wäsche noch Kragenspeck und Schmutzränder entdeckt hatten, parat hielt, meine Mutter vertraute doch dem seriösen Persil-Mann noch mehr. Jan-Gert Hagemeyer, der wie ein Nachrichtensprecher vermittelte, welche Vorzüge des Produktes den unverschämt hohen Preis von Persil rechtfertigten, erhielt täglich körbeweise Fanpost von Hausfrauen mit schorfigen Spülhänden, die ihr Leben der bedingungslosen Sauberkeit verschrieben hatten. Denn nur was richtig sauber ist, kann richtig glänzen! Bis heute ist meine Familie dem Mittel treu geblieben – sogar meine ranzigen großen Brüder. Tja – da weiß man eben, was man hat – guten Abend!

# »Volltanken, bitte!«

## Ausgestorbene Berufe

### Stenografin

»Fräulein Gisela, zum Diktat, bitte!« – und schon rückte ein Bürostuhl und waren eilfertige Trippelschritte in Richtung Chefzimmer zu hören, die Alice Schwarzer die Wut in den Nacken trieben. Fräulein Gisela und Kolleginnen hingegen hatten diesen leicht überlegenen Blick im Gesicht. Schließlich waren besonders qualifizierte Sekretärinnen, wie sie eine war, in der Lage, in der sogenannten Deutschen Einheitskurzschrift mithilfe von grafischen Kürzeln bis zu 480 Silben pro Minute zu erfassen. Ha! So schnell spricht so schnell niemand. Selbst in den Nachrichten wurden im Schnitt gerade mal läppische 300 Silben pro Minute verlesen. Fräulein Gisela war also selbst dann voll und ganz in der Lage, ihrem Chef zu folgen, wenn der hektisch Gedanken fasste und wieder verwarf, um hernach alles buchstabengetreu im Schatten ihrer prachtvoll gedeihenden Grünpflanze in die Tasten ihrer elektrischen IBM-Schreibmaschine (brauchte circa einen Quadratmeter Stellfläche) zu hacken.

## Programmansagerin

Sie hießen Roswitha Schnabel, Ute Zingelmann und Mady Riehl und informierten uns charmant lächelnd über das, was uns im TV als Nächstes erwartete, indem sie einen Ansagetext (den in der Regel die Redaktion geliefert hatte) sprachen, der sowohl über Uhrzeit und Sender informierte (»zur besseren Orientierung« – wohl für die, die den Überblick über die drei Programme verloren hatten) als auch neugierig machte (»nun denn, Vorhang auf – Film ab!«) auf die nachfolgende Sendung (»recht gute Unterhaltung!«). Das waren noch Zeiten, in denen man persönlich und höflich begrüßt und klar eingewiesen wurde (»Sehen Sie nun …«), quasi Zapperblocker.

## Tankwart

Er trug einen fleckigen blauen Overall und war immer sofort da, wenn wir mit unserem tannengrünen VW Variant um die Ecke geschrebbelt kamen: Herr Kernschenk. Eine Plastikkanne mit Wasser für die Scheibenwischanlage hatte er schon in der Hand, um sie allerdings sogleich abzustellen, wenn mein Vater »Volltanken, bitte!« schmetterte. Während Herr Kernschenk den Stutzen festhielt, wechselte er ein paar Sätze mit meinem Vater über das Wetter (»Immer schön kühl im Schönbuch!«) und vielleicht auch noch die kommunale Politik (»Die Kreisreform bringt keine Vorteile für die einfachen Bürger!«). Herr Kernschenk wischte nach dem Befüllen des Tanks die Scheiben ab, überprüfte an allen vier Reifen den Luftdruck und füllte Wasser nach, um dann mit würdevoller

Miene eine Mark Trinkgeld entgegenzunehmen, während wir Kinder immer noch unbewegt und irgendwie fasziniert von innen nach draußen starrten, mit offenem Mund, als seien wir nicht schon tausendmal mit dabei gewesen.

## Straßenbahnschaffner

Sie hatten eine altmodische Autorität inne und trugen ihre schweren dunkelblauen Uniformjacken mit einer gewissen Würde umher. Sie schafften es, sich auch in noch so überfüllten Bahnen von einer beförderten Person zur nächsten durchzudrängen und parallel zur Fahrkartenausgabe die Aufsicht zu führen und Auskünfte zu geben. Bis Anfang der Siebziger waren sie mit ihrem sogenannten Galoppwechsler (einem Münzspeicher aus verschiedenen metallenen Röhrchen mit Ausgabehebel und Einwurfschlitz) und der Lochzange unterwegs.

## Parkplatzwärter

Gelegentlich war er mit schwerfälligem Gang unterwegs zwischen den Reihen der geparkten Autos, die er in seiner Obhut hatte, und die Rechte ruhte auf der klobigen braunen Ledertasche, die ihm über der Schulter hing und in der er Münzen, Parkscheine, einen alten Kugelschreiber mit dem Aufdruck »Eastern Buffalo« und eine Plastikbox mit Butterbrot aufbewahrte. Meistens aber saß er in einem Holzkabuff – das kaum groß genug für seinen Klappstuhl war – neben der Einfahrt zu einem rumpeligen Grundstück und streckte in jedes geöffnete Fahrerfenster seine geöffnete Hand, um 50 Pfennig entgegenzunehmen, dafür, dass wir bis zu zwei Stunden unseren lofotengrünen Passat auf seiner Schotterfläche abstellen durften – und bewacht wussten, vom Herrn Parkplatzwächter persönlich. Jedes Mal legte mein Vater 1 Mark auf die schwielige Handfläche und sagte mit jovialer Stimme: »Für 'ne Tasse Kaffee!«, während er sich einen speckigen rechteckigen Minizettel aushändigen ließ, sozusagen der Beweis- und Abholschein für das Auto. Das Auto, das nach seiner Fahrt über den buckeligen Schotterplatz entweder mit einer hellgrauen Staubschicht überzogen oder vom aus den vorgartengroßen Pfützen, die uns oft genug das Ein- und Aussteigen geradezu unmöglich machten, aufspritzenden Wasser bis zum Dachträger eingeferkelt war.

Ich glaube, es war damals auch schon schwierig, eine Tasse Kaffee für 50 Pfennig zu bekommen.

## Schrankenwärter

Um die wichtige Warnflagge und das durchdringende Horn haben alle kleinen Jungs ihn beneidet: Den Schrankenwärter. Den umgab eine Aura von Wichtigkeit und Verantwortung. Und der war ja auch ein Betriebsaufseher-Beamter der Deutschen Bundesbahn mit der Fachrichtung Schrankenwärterdienst und hatte auf Bundesbahngelände sogar Bahnpolizeirechte, falls jemand sich seinen Signalen widersetzte und auf den Gleisen herummarschierte. Von seinem Posten aus behielt er die Bahnstrecke im Blick und betätigte, sobald sich ein Zug näherte, die Schrankenwinde, um alle Autofahrer und Fußgänger vor dem sicheren Tod zu bewahren, und anschließend die Barriere wieder hochzukurbeln, sodass der allgemeine Verkehr erneut in Gang kam. Wenn es sich ergab, dass man Blickkontakt aufnahm, nachdem die Zugdurchfahrt komplikationslos abgewickelt worden war und der Erwachsene am Steuer den Motor wieder anließ, war der Tag geadelt.

## Kino-Platzanweiser

Im Saal herrschte Dauerfinsternis und komplette Unwissenheit darüber, wo sich die wenigen noch freien Plätze befinden mochten. Aber die Situation war nicht ausweglos: Es gab ja die Platzanweiserin, die mit einer funzeligen Taschenlampe und leicht genervtem Gesichtsausdruck in den gähnenden Rachen der Dunkelheit voranstürmte, um uns in Reihe 3 am Rand zu platzieren. Ehe man einen klaren Gedanken gefasst hatte, war sie längst hinfort, um die nächsten Stolperer über die unregelmäßigen Stufen an ihre Plätze zu geleiten.
Wenn es schließlich losging, saß sie auf einem Behelfsklappsitz, der in der Wand neben dem Papierkorb eingelassen war, und sah den Film zum hundertsiebenundzwanzigsten Mal, aber eine musste ja den Weg weisen, wenn jemand auf die Toilette oder noch eine Afri-Cola erwerben wollte.

# Sonntagsbraten, Mittagsschlaf und Nachricht aus Burundi

## Das perfekte Wochenende

Nicht wegzudenken aus einem anständigen Wochenendablauf war zweierlei: Erstens der Sonntagsspaziergang, auf dem man sich als adrette Familie präsentierte vor all den anderen adretten Familien der Umgebung, die im selben Wäldchen ihre Runden drehten, und zweitens der Sonntagsbraten. Und schon hatte man das Dilemma: Der Braten war so aufwendig in der Zubereitung, dass Mutti gar nicht hätte mitgehen können. Sie hätte ihre properen Kinder nicht ausführen und sich nicht bei ihrem strammen Ehegatten einhaken und nicht hochzufrieden neben ihm herschreiten und zufrieden lächeln können. Denn sie hätte ja ständig den Braten übergießen und die Kartoffeln schälen und den Rosenkohl putzen müssen. Aber es gab eine Lösung: Oma übernahm den Braten. Die war ohnehin unausgelastet während der Woche und versüßte sich die Arbeit am Braten mit der Vorfreude auf die Familie, die ihre Rentnerinnenwohnung nachher mit Leben erfüllen und sich den Braten in Rekordzeit reinfenstern würde. Noch war es freilich nicht so weit: Der Braten brauchte noch und die Familie auch. In geheimer Vorfreude auf die sagenhaft schwere Soße und die Torte zum Kaffeetrinken danach, die Oma wieder einmal zubereiten würde, hatte sie das nahe gelegene Wildschweingehege ins Visier genommen. Da warfen die Kinder ein paar Kastanien zu den Schweinen rein (und ließen sich belehren, dass Wildschweine zwar Eicheln, mitnichten aber Kastanien fraßen), und in der Nähe gab es einen Trimm-dich-Pfad mit ein paar Geräten und Übungen, auf denen sich – die weißen Kniestrümpfe mit Lochstruktur waren sowieso schon dreckig – auch im Sonntagsstaat herumturnen ließ. Naja, das galt nicht für Mutti, die Mühe hatte, mit ihren zu zierlichen Absätzen auf dem Waldweg nicht umzuknicken und unmöglich auch noch auf dem Stämmeparcours den Hang hätte hinunterbalancieren können, und auch nicht für Vati, der mit Krawatte, Hemd und Hut dann doch nicht an den Sprossen einer zwischen zwei Buchen aufgehängten Leiter entlanghangeln wollte und auch keinen Ehrgeiz zeigte, beim Baumstumpfbockspringen mitzumachen (er schob dafür mal ein Stück den Kinderwagen mit dem Junior, woraufhin ein paar ältere Herrschaften mit dem Finger auf ihn zeigten, als führte er im Bastrock einen Elefanten über den Schotterweg). Wir Kinder waren hingegen ganz versessen aufs Bockspringen, auch wenn man mit Clogs auf Waldboden nicht so gut Anlauf nehmen konnte. Und auch nicht ohne Probleme in die Steigbügel passte beim Ponyreiten, das wir im Anschluss an den Spaziergang manchmal noch bei dem Bauern, der auch auf einer seiner Wiesen den Parkplatz eingerichtet hatte, spendiert bekamen. (Uns ging es mit diesen Problemchen übrigens gold! Montags erzählte meine Sitznachbarin Martina immer unschöne Geschichten: Zum Beispiel stöhnten ihre

Eltern, wenn Martina beim Sonntagsspaziergang hingefallen war, weil die Lacksandälchen so rutschige Sohlen hatten und keinen Halt gaben und jede Menge fiese, spitze kleine Steinchen in ihren Handflächen und Kniescheiben stakten, immer nur: »Mein Gott, Kind, was bist du für ein Tolpatsch, das waren doch die guten Strümpfe!«, anstatt sich auch nur einen Moment um ihr Wohlergehen Sorgen zu machen.)
Die Autofahrt zurück war ein Spaß für sich: Uneingezwängt von Gurten und Hartschalensitzen turnten wir nach Herzenslust im Fußraum oder bei unserem Cockerspaniel im Kofferraum unseres panamabraun ausgeschlagenen ulmengrünen VW Variants herum, wo man prima auf den Reifenbuckeln sitzen und ein bisschen herumschleudern konnte, wenn die Strecke kurviger war oder Vati mal schön heftig bremsen musste. Sonntagsbraten, wir kommen!

## Beliebte Wochenendaktivitäten:

### Amateurfunken

Es fiepte und piepte und die Freude war schier grenzenlos, wenn von irgendwo auf der Welt – Spitzbergen, Burundi, Adelaide – eine gestammelte, mehrfach von technischen Störungen unterbrochene Antwort anrauschte. Amateurfunker saßen vor Türmen selbst verkabelter Metallkisten, mit denen sie peilten, funkten und sendeten, was das Zeug hielt. Was zählte, war die zustande gekommene Verbindung, nicht die tiefgründigen Gespräche. Das dickichtartige Antennengestänge auf dem Reihenmittelhausdach, die Wut der Nachbarn, die aufgrund der erhöhten Sendetätigkeit *Der große Preis* nur noch von Zerrstreifen zerschnitten sehen konnten, und die durchwachten Nächte hatten sich gelohnt: Damit ließ sich auf dem nächsten Funkertreff angeben bis zum Abwinken. E-Mails, Flatrates, Blogs und Billigflüge haben das Amateurfunkerwesen inzwischen fast vollständig niedergemacht.

## Kirchgang

Gehörte zu Zeiten unserer Jugend bei ganz vielen zum obligatorischen Programm. Die Säkularisierungswelle der Neunziger lag noch in ferner Zukunft und man ließ sich sehen, vor der Gemeinde, als Paar oder Familie, der Pfarrer war eine Instanz und Mutti hat beim Wohltätigkeitsbasar mitgeholfen.

## Minigolf

Damals lockte das launige Treiben rund um die kleinen Bälle noch wahre Heerscharen herbei. Wer wollte nicht beim Bespielen der 18 kleinen Bahnen glänzen und sich mit Fingerspitzengefühl und konzentrierter Kennermiene des Loopings, des Fangnetzes und der Weitschlagbahn als würdig erweisen? Auf die Flacheisenbanden ließ sich der Fuß so keck aufstützen, wenn man gerade nicht dran war, und es umwehte einen ein Hauch italienische Lebensart und Lago Maggiore (dort, in Ascona, – das wussten Kenner – war nämlich 1954 die erste Anlage eröffnet worden), selbst wenn man irgendwo im Weserbergland stand.

## Mittagsschlaf

Die Methode der Eltern, auch mal über die Stränge zu schlagen! Einfach am helllichten Tag mal ein Stündchen aufs Ohr hauen. Oho! Der Inbegriff der Erholung, ohne Zeitdruck. Heute lass ich es mir mal richtig gut gehen und klinke mich aus einem strammen Tagesablauf aus; es ist ja Wochenende!

## Taubenzüchten

Onkel Werner hatte alle Hände voll zu tun, seine Brieftauben Jolanda und Claire nach den abgeleisteten Preisflügen mit Erdnüssen und fetthaltigen Samenkörnern bis zum nächsten Samstag wieder anzufüttern. Wertvolle Tipps (»Ein randvoller Kropf trägt 1000 Kilometer weit«) hatte er von einem Tierarzt der 1972 in Essen-Kupferdreh eröffneten (weltweit ersten) Brieftaubenklinik bekommen, den er im selben Jahr bei den Olympischen Sommerspielen in München (als 5000 Tauben in den weiß-blauen Himmel aufstiegen) getroffen und in ein endloses Gespräch verwickelt hatte.

## Kaninchenzüchten

Die Bundes-Kaninchenschau (während der Siebziger und frühen Achtziger auf Stuttgart geeicht) und die Bundes-Rammlerschau (heimliche Hauptstadt: Pirmasens) waren die großen Ereignisse, auf die ganze Bevölkerungsgruppen das ganze Jahr über hinzüchteten. Onkel Friedrich konnte auswendig über 120 verschiedene sogenannte Farbenschläge nennen und Abende lang mit seinen Vettern darüber fachsimpeln, welche Qualitäten den Blaugrauen Wiener vom Rheinischen Schecken sowie den Deutschen Widder vom Havanna Rex unterschieden.

### Schrebergarten

Nicht nur für die Kaninchen- und Taubenzucht (siehe oben) unerlässlich. Als Naherholungsgebiet und Seelenbalsam in Zeiten fordernder Arbeitstätigkeit unentbehrlicher Hort der Ruhe und Wohltat. Ganz nach dem Motto: »Klein aber mein«, wurde gehegt, gepflegt und mit Gartenzwergen geschmückt, dass es nur so eine Laubenpieperei war. Hier war man unter sich und die durch die Achtundsechziger-Bewegung in Schräglage geratene Welt blieb außerhalb der gut bewachten Grenzen der Kleingartenanlage und ihrer gestrengen Satzung.

### Verwandtschaftsbesuche

Ein Besuch bei Großtante Agnes bedeutete, dass der Sonntag zum Sofasitztag wurde und für uns Kinder gelaufen war: Es setzte feuchte Schmatzer auf die Wangen, in die sie uns vorher kräftig gekniffen hatte, während Tante Agnes (jenseits der 70 und ausgesprochen schwerhörig) schrie: »Berta!« – meine Cousine hieß Britta – »Du bist aber groß geworden!« Danach wollte niemand mehr etwas von uns wissen, und wir saßen in Faltenröckchen und Kniestrümpfen, die unter dem Knie heftig einschnitten, aufrecht und stumm bei Tisch und gabelten mit schlecht verhohlener Abscheu in der in Gewürzgurkenremoulade schwimmenden Sauerfleischsülze und den fetttriefenden Bratkartoffeln herum.

# Chirpy, Chirpy, Cheep, Cheep und Wig-wam bam sham-a-lam

## Popmusik der Siebziger

1969 fand die Hippie-Bewegung im Woodstock-Festival ihren absoluten Höhepunkt. Nahezu ein Jahrzehnt lang hatte die Love-and-Peace-Generation gegen das gesellschaftliche System aufbegehrt, gegen den Vietnamkrieg, Klassenunterschiede und Rassismus Stimmung gemacht und für die sexuelle Befreiung gekämpft. Aus der Subkultur war am Ende des Jahrzehnts ein Mainstream geworden und eine halbe Million Menschen hatte sich damals unter freiem Himmel in der ostamerikanischen Pampa eingefunden, um für drei Tage love, peace and happiness zu zelebrieren. Ihre Idole waren blutjunge Rebellen. Selbst unsere Eltern hatten so einen bis dahin ungekannten Revoluzzer-Blick drauf, wenn »das Gewissen der Sechziger«, die schwangere Joan Baez, vor 500 000 Blumenkindern, die zugedröhnt und teilweise ganz nackt im Schlamm saßen, die Missstände in der Welt anprangerte. Ihnen schwante, dass die Beatles wohl nicht das Nonplusultra der Unkonventionalität waren. Es ging noch weit wilder, beatiger, kompromissloser. The Who etwa hatten ihren Unmut in wilde Sounds verpackt und ihr Gitarrist Pete Townsend zertrümmerte auf der Bühne traditionell sein geliebtes Instrument. Die Exekution der amerikanischen Nationalhymne durch Jimi Hendrix, bei der er die Melodie mit Kriegsgeräuschen unterlegte, wurde zum krönenden Abschluss der dreitägigen Massenveranstaltung. Ein Jahr später war Hendrix tot. Getreu dem Motto der rebellischen Generation: »Live fast, love hard, die young«, war er seinem übermäßigen Drogenkonsum erlegen und den Rockertod gestorben, wie kurz darauf auch Janis Joplin und Jim Morrison von den Doors. Die Aufbegehrer schossen sich selbst von der Bühne. Da lag etwas in der Luft, das nach Wagnis, Auflehnung und Ordnungsverdruss schmeckte; ein Hauch, der auch die deutschen Städte durchzog und nicht nur in den Universitäten ansteckend wirkte: von den Hubers hörte man, sie hätten mit den Knappbuschs im Keller zu viert eine Haschzigarette geraucht, die ihnen Annemarie Hubers achtundsechzigeraffiner Schwager Dutschke aus Berlin mitgebracht hätte. Frau Huber sei angeblich irgendwann hysterisch kichernd auf der rustikalen Eckbank gestanden und hätte versucht, die Käseigelspieße aus der Luft einzufangen, die (nur für sie sichtbar) die Wagenradleuchte umkreisten, während ihr Mann Alfred sich plötzlich für eine Fledermaus gehalten haben soll und versuchte, sich durch lautstarke Ultraschallortung in der unterirdischen Zirbelhöhle zurechtzufinden. Wie die meisten blieben auch die Hubers ihrem wohlgediegenen Leben verhaftet, aber mal hineinriechen in die große weite Welt der Entgleisungen taten sie mit wohligem Schauern, während auf dem Dual-Plattenspieler die Woodstock-Doppel-LP mit Hits von Santana, Jethro Tull, Richie Havens und Jefferson Airplane rauf und runter lief. Viele erfolgsverwöhnte

Bands, wie die Beatles, die auch in den deutschen Charts elf Nummer-1-Hits gelandet hatten, lösten sich Anfang der Siebziger auf. Obwohl der Vietnamkrieg immer noch andauerte, hatte der Polit- und Protest-Rock ausgedient und die Hippie-Bewegung blutete aus. Die große Zeit der Kamasutra-Partys war vorbei – immerhin hatte die Bewegung das Gerücht aus der Welt schaffen können, Sex wäre ungesund und würde Rückenmarkschwindsucht hervorrufen.

Neben dem Hardrock mit heftigem Gitarrensound und Bands wie ACDC, Deep Purple, Uriah Heep und Kiss entwickelte sich zu Anfang des neuen Jahrzehnts der Glam-Rock als neue Stilrichtung. Er ging mit der Emanzipationswelle der Homosexuellen einher und hatte mit Michael Bolton von T. Rex und seinem Glitzersternchen-Make-up angefangen. Auch David Bowie läutete mit seinen schrägen Outfits und surrealistischem Make-up diese neue Ära mit ein. Die Band Queen mit ihrem exzentrischen Frontman Freddie Mercury wurde gegründet, während in Deutschland Ende der Sechziger Peter Alexander, Karel Gott und Heintje noch die Charts anführten. Selbst die Rolling Stones, die sich aus den Sechzigern ins neue Jahrzehnt hinüberretten hatten können, machten beim Glanz-und-Glitter-Trend mit. Mick Jagger trat plötzlich in paillettenbesetzten, tief ausgeschnittenen hautengen Einteilern auf. Superman-Umhänge aus Chiffon erfreuten sich plötzlich größter Beliebtheit und Transvestiten in silberfarbenen Plateaustiefel mit waffenscheinverdächtigen Absätzen stelzten über die Weltbühnen. Die britische Rockband The Sweet wurde zur erfolgreichsten Glam-Rockgruppe in Deutschland. Sie sahen aus wie Schneewittchen ohne Tittchen, trugen ondulierte Langhaarfrisuren und schillernde Gewänder. Freedom- und Peace-Forderungen gehörten jetzt der Vergangenheit an und wurden von eingängigen Refrains wie: »Poppa rumbo rumbo, hey Poppa Joe coconut …«, und: »Hoo-chi-kaka-ho Co-co hoo-chi-kaka-ho«, oder: »Wigwam bam sham-a-lam«, ersetzt. Der Inhalt der Songs wurde zur erklärten Nebensache und selbst die Rolling Stones, die noch ein paar Jahre zuvor mit »I can't get no satisfaction« den ausufernden Kommerz und Konsum beklagten, machten wieder mit und reduzierten ihre Aussage auf: »It's only Rock'n'Roll, but I like it.« Unsere Eltern waren von den androgynen Stars natürlich entsetzt. Mein Vater bezeichnete die Männer in Barbie-Klamotten als schwule Hupen und nötigte uns, »Hoch auf dem gelben Wagen«, interpretiert von Walter Scheel (dem früheren NSDAP-Mitglied und späteren Bundespräsidenten) zusammen mit dem Düsseldorfer Männergesangsverein (»Kukident Chor»), anzuhören, die es mit dem deutschen Liedgut immerhin auf Platz fünf der deutschen Hitliste geschafft hatten. Lieblinge der Teens wurden trotzdem die Bay City Rollers aus Edinburgh, wahrscheinlich weil diese Dornröschen ohne Höschen behaupteten, nach schottischer Tradition keine Unterhosen zu tragen. An ihren Frisuren konnte es nicht gelegen haben, denn die voluminösen »Tufty»-Föhnfrisuren ließen die Jungs aussehen, als wäre ein Tier auf ihrem Kopf an einem elektrischen Stromschlag verendet und liegen geblieben. Aus 33 Einzelteilen setzte sich der unglaubliche Bravo-Starschnitt der Boygroup zusammen, der bei unzähligen Mädchen im Zimmer hing. »Tausend fliegen können nicht irren – Kacke schmeckt gut!«, lästerten die

Sweet-Fans, während die fünf Bubis in ihren schottenmustergesäumten Hochwasserhosen und Ringelsocken eine Hysterie unter den weiblichen Fans auslösten, wie man sie bislang nur von den Beatles kannte. Bei Konzerten benötigten die BCRs überdimensionale Verstärkeranlagen, um das Dauergekreische übertönen zu können. Unsere frühreife Cousine Ulrike aus Gelsenkirchen raufte sich ihren hochgesprayten Stufenschnitt sogar dann, wenn die »Shang-a-lang»-Single in ihrem Zimmer schrebbelte, und soll auf einem Konzert 1975 in einen derart entfesselten Zustand geraten sein, dass sie ihren Slip (es handelte sich damals um ein kochwäschefestes Feinrippzelt) ausgezogen und auf die Bühne geworfen hat. Darüber spricht sie aber bis heute nicht. Ihre Freundin Marion behauptete damals, der Slip sei nicht auf der Bühne gelandet, sondern habe einen Sanitäter unter sich begraben, der gerade eine hyperventilierende Kindergartenschwänzerin raustragen wollte. Das wäre allerdings eine Erklärung für Ulrikes Schweigen. Mehrfach sollen die Roller-Knaben zu Schaden gekommen sein, weil sie von ihren Fans überrannt worden waren, aber vielleicht hatten sie sich ja auch nur mit ihren schottischen Tartanschals unglücklich in deren Zahnspangen verheddert – am meisten profitiert von der »Rollermania« haben jedenfalls ihre Manager – so viel weiß man heute sicher. Als Mitte der Siebziger die Discowelle anbrach und die massentauglichen Refrains mit einem durchgängig tanzbaren Rhythmus verknüpft wurden, spielte eine ausgefeilte Choreografie seltsamerweise noch keine wesentliche Rolle. Agnetha und Anni-Frid von ABBA mussten sich nur Rücken an Rücken aneinanderstellen und unter ihren Häkelmützchen mit den hellblau bemalten Augenlidern verführerisch in die Kamera klimpern, um als Showgirls durchzugehen. Die Damen von Baccara wirkten, als hätten sie ihre Tanzschritte zu »Yes Sir, I can Boogie« noch schnell vor ihrem Liveauftritt im privaten Wohnzimmer eingeübt, und selbst Rockröhre Suzi Quatro und Band reichte der gepflegte Umsteigeschritt, wie er bei der Teleskigymnastik im Bayerischen Fernsehen zur Vorbereitung der anstehenden Skisaison praktiziert wurde. Bobby Farrell (der aber ja auch nie selbst singen durfte und sich deswegen ganz auf seine Bewegungen konzentrieren konnte) von Boney M. tanzte so eigenwillig, als hätte er mit einer Ameise im hautengen Schlaghöschen zu kämpfen, während seine drei schwarzen Miezen begeistert auf ihn zeigten, dezent mit den Hüften wippten und ihre Lippen zum Playback von Daddy Cool bewegten. Die Musik und der Kleidungsstil kamen oft nicht mehr von den Stars auf der Bühne selbst. Im Jahrzehnt der synthetischen Materialien entstanden nicht nur die ersten künstlich gezeugten Retortenkinder. Bands wie Kraftwerk legten die Grundlagen für artifizielle, elektronische Musik und Musikproduzenten regierten die Showbranche. Frontdancer Bobby Farrell wurde aus Marketinggründen dazu genötigt, sich für ein Platencover nur mit einem goldenen Stringhöschen bekleidet abbilden zu lassen. George McCrae war damals eigentlich nur eingesprungen, weil seine Frau zu spät ins Studio kam, und improvisierte daraufhin eunuchengleich den Song »Rock Your Baby«. Die Produzenten entschieden sich für seine gekünstelte Kastratenstimme und wurden durch den Singlebestseller (auch 1974 in Deutschland) zu reichen

Männern. Musikproduzenten entwickelten Bandkonzepte, casteten die ersten Bands, etwa Village People (Y.M.C.A.), und hofften, dass die homoerotischen Männerstereotypen (Cowboy, Biker, Indianer, Bauarbeiter, Soldat und Polizist) die Kassen zum Klingeln bringen würden. Die Überzeichnung des schillernden Individuums auf der Bühne spiegelte den Wunsch vieler Menschen wider, selbst ein umjubelter Star werden zu können. Diese Sehnsucht bediente auch der Film *Saturday Night Fever* mit Zappelzäpfchen John Travolta aus dem Jahr 1978, der eine regelrechte Discogründungswelle und Tanzwut auslöste und dem Fistelstimmentrio Bee Gees zu einem grandiosen Comeback verhalf. Der Soundtrack zum Film wurde zum bestverkauften aller Zeiten. Keine Frage, Led Zeppelin, Creedence Clearwater Revival und die Dire Straits haben tapfer und grandios gegen den Discosound angespielt, aber wer hat nicht insgeheim versucht, die Hüften wenigstens ein kleines bisschen wie Tony Manero kreisen zu lassen? Wer hat nicht befremdliche Augenblicke erlebt, wenn Menschen, die gelinde gesagt nicht fürs Tanzen geboren waren, zu »Stayin' Alive« und »Disco Inferno« ihre Problemzonen in rhythmische Schwingungen versetzten? Der facettenreichen Softwelle der Siebziger, der auch Supertramp, Cat Stevens, Eric Clapton, Rod Stewart und die Space-Rockband Pink Floyd zuzuordnen sind, versuchten Punkbands, wie die Sexpistols, Ende des Jahrzehnts mit unprofessionellem Garagenrock, Schreigesang und einfachen Akkordfolgen die Stirn zu bieten. »Macht kaputt, was euch kaputt macht!«, lautete die Parole gegen Weichspülsound. Die Discomusik hat den Anschlag überlebt – Mamma mia!

## Pop-Single-Bestseller in Deutschland von 1970 bis 1979

| | |
|---|---|
| ◆ El condor pasa | Simon & Garfunkel |
| ◆ Mademoiselle Ninette | Soulful Dynamics |
| ◆ In The Summertime | Mungo Jerry |
| ◆ Chirpy Chirpy Cheep Cheep | Middle Of The Road |
| ◆ Co-Co | Sweet |
| ◆ My Sweet Lord | George Harrison |
| ◆ Rose Garden | Lynn Anderson |
| ◆ Hello-A | Mouth & McNeal |
| ◆ How Do You Do | Windows |
| ◆ Goodbye My Love Goodbye | Demis Roussos |
| ◆ Get Down | Gilbert O'Sullivan |
| ◆ Mama Loo | Les Humphries Singers |
| ◆ Rock Your Baby | George McCrae |
| ◆ Sugar Baby Love | Rubettes |
| ◆ Seasons In The Sun | Terry Jacks |
| ◆ Waterloo | Abba |
| ◆ Fox On The Run | Sweet |
| ◆ SOS | Abba |
| ◆ Daddy Cool | Boney M. |
| ◆ Mississippi | Pussycat |
| ◆ Fernando | Abba |
| ◆ Yes Sir I Can Boogie | Baccara |
| ◆ Living Next Door To Alice | Smokie |
| ◆ Ma Baker | Boney M. |
| ◆ Magic Fly | Space |
| ◆ Rivers Of Babylon | Boney M. |

| | |
|---|---|
| ◆ You're The One That I Want | John Travolta & Olivia Newton-John |
| ◆ Mull Of Kintyre | Wings |
| ◆ Night Fever | Bee Gees |
| ◆ Born To Be Alive | Patrick Hernandez |
| ◆ El Lute | Boney M. |
| ◆ Heart Of Glass | Blondie |
| ◆ Pop Muzik | 'M' |

# Zwischen Hausarrest und Laisser-faire

## Erziehung, Benehmen, Maßregelungen, Tabus

Seit 1968 wehte ein aufmüpfiger Wind von Erneuerung, Modernisierung und Absage an verkrustete Strukturen durch die Familien, Kindergärten, Schulen, Gemeinden und Institutionen. Waldorf-Pädagogik (»Tanze deinen Namen!«), Montessori-Erkenntnisse (»Hilf mir, es selbst zu tun«) und antiautoritäre Ideen (Selbstentfaltung statt bürgerlicher Starrsinn) fanden immer mehr Anhänger. Einwandfreies Benehmen und Ordentlichkeit standen nicht mehr unangefochten an der Spitze der Erziehungsziele. Gleichzeitig jedoch wehrten sich noch viele, vor allem ältere Menschen, gegen den Wertewandel und die Lockerung der Sitten in der Gesellschaft. Noch gab es Lehrer, denen die Hand ausrutschte (ohne dass es einen Aufstand gab), nicht wenige Eltern hielten Ohrfeigen und Hausarrest für angemessene Maßregelungen, völlig normal auch, schließlich war die ältere Generation tonangebend. Sie selbst hielten es gegenüber ihren Eltern ja nicht anders: Die Alten waren noch Autoritäten im altmodischen Sinne; ihr Wille war Gesetz, Höflichkeit ihnen gegenüber eines der höchsten Gebote. Noch gab es reihenweise die alten Kriegerwitwen oder unverheiratete Onkel und Tanten, die von einem fünfjährigen Knirps zur angemessenen Begrüßung wenigstens einen angedeuteten Diener erwarteten, von einem Mädchen wenigstens einen angedeuteten Knicks und von beiden Stille und Zurückhaltung – gerne auch ein bisschen Selbstverleugnung, wenn's nur zur Bequemlichkeit der Altvorderen beitrug –, sobald die Erwachsenen sprachen. In der Verwandtschaft gab es aber auch die studierende Nichte oder den jungen Lehrer, die alle überkommenen Regeln und Konventionen über Bord werfen wollten. Es konnte also passieren, dass Tante Hildegard (»Ach, lass ihn doch!«) begeistert von Laisser-faire, Kreativität und Befreiungspädagogik redete, während Tante Else (»Tss, tss, das hätte es zu meinen Zeiten nicht gegeben!«) mit verkniffener Miene die Zeiten lobte, als Kinder noch wussten, wer das Sagen hatte, und niemand sich von ihnen hat tyrannisieren lassen, jawohl. Unsere Eltern schienen oft ein bisschen zwischen den Stühlen zu sitzen, wussten noch gar nicht recht, was sie von den freien neumodischen Erziehungsmethoden halten sollten, fanden einiges durchaus reizvoll und einleuchtend, hatten allerdings selbst nicht immer die Nerven dafür und wollten es zudem den Alten, die zwei Weltkriege überstanden hatten und denen es gesundheitlich nicht eben blendend ging, möglichst recht machen. Also forderte Vati uns auf: »Gib die schöne Hand!«, wenn wir der seit Menschengedenken pensionierten Oberstudienrätin Frau Ruffke begegneten. Lieber alles nach bewährter Fasson, klare Ansagen statt Diskussionen. Wenn wir zu jemandem wie Frau Ruffke beim Händereichen »Hallo« sagten, zuckten die Eltern leicht zusammen: Ein lockeres »Hallo« war etwas für junge, gleichgesinnte, moderne

Leute, für Vertraute in informellen Lebenslagen – aber nichts für Frau Ruffke. Der gebührte mindestens ein »Guten Tag«. Und natürlich der andeutungsweise gelüftete Hut vom Herrn Papa, eine inzwischen nahezu ausgestorbene Geste. Damals war sie noch verbreitet, ebenso das Türaufhalten und Stuhlranschieben, wenn ein Herr eine Dame in seiner Obhut hatte, und sei es, dass Vati mit Mutti zum Kaffeetrinken ins Stadtparkcafé ging. Der alte Landgerichtspräsident Dr. Knopius, der drei Häuser weiter wohnte, hatte noch mehr auf Lager: Er öffnete seinen Beifahrerinnen nicht einfach von innen die Autotür seines Opel Diplomat, indem er sich wie andere vom Fahrersitz ungelenk durchs Auto streckte, um den schwarzen Zapfen zwischen zwei Fingern hochzuziehen, sondern schloss den Damen von außen formvollendet auf, um die Tür eigenhändig zuzuwerfen, nachdem sie Platz genommen hatten, und dann erst selbst hinterm Steuer Platz zu nehmen. Er verteilte auch angedeutete Handküsse, die uns Kinder immer kichern ließen, weil wir das so übertrieben und gestelzt fanden, wie in den Sissi-Filmen, dabei waren wir doch hier tief in Ostwestfalen und längst regierte Helmut Schmidt und nicht mehr Franz Joseph!
Knopius, noch ganz unter dem Eindruck einer Universitätsversammlung, auf der ein langhaariges Drittsemester mit Schlurfsandalen, Batikhemd und Selbstgedrehter im Mundwinkel ihn mit: »Du, setz dich einfach«, angeredet hatte, hielt flammende Reden über die Unart des immer allgegenwärtigeren Geduzes, wo doch das wohlverstandene Siezen zu den unterschätzten Feinheiten unserer Kultur gehöre! Uns Kindern schwirrte mitunter der Kopf vor lauter Verhaltensfein-

heiten, die die Erwachsenen bewegten: Etwa, dass der Mann nicht nur links von der Dame zu gehen, sondern ihr auch die Tür aufzuhalten und den Vortritt zu lassen habe, nicht jedoch beim Betreten eines Restaurants (Herr Rössler hatte das neulich nicht bedacht – oder nicht gewusst?); da gehöre es sich, dass der Mann voranstürmt ins Unbekannte – womöglich prügelten sich zwei oder sorgten dort wüste Gesellen für Unruhe. Knifflig auch, wenn die Erwachsenen andere Personen einander vorstellten und hinterher hektisch tuschelten, ob Herr Klawuttke es als unhöflich empfunden haben könnte, dass sein Name zuerst genannt wurde, wo doch Fräulein Klose zwar eine Frau, aber fast drei Jahrzehnte jünger war als er. Außerdem habe man ihn einfach als Herrn Klawuttke vorgestellt – bekannt machen wäre ohnehin eleganter gewesen, Himmel, wie konnte man nur so gedankenlos sein – und weder als Dr. Klawuttke noch als Peer Klawuttke, dabei gehöre es sich doch, Vornamen und Titel zu nennen.
Tabus waren ja so schnell gebrochen. Ein in aller Unschuld hinterfragter zotiger Scherz von der Ostfriesenwitzplatte (»Mutti, was heißt eigentlich Orgasmus?«) – und schon machte nervöses Lachen gepaart mit einer aus dem Rhythmus gekommenen Atmung das Ringen um die richtigen Worte zu einem aussichtslosen Unterfangen. Es reichte, in Gesellschaft bestimmte Stichworte, etwa Sex, Schwangerschaft mit 17 oder Abtreibung anzusprechen – womöglich heikle Punkte wie Kommunisten, Demonstrationen, wilde Ehe nicht entschieden abzulehnen, seinen Kindern die Lektüre von *Fix und Foxi* zu gestatten, die Gleichberechtigung der Frau zu befürworten. Da flackerten die Augen, die Stimmung sank in Nanosekun-

den unter den Gefrierpunkt, Hände nestelten unbeholfen aneinander herum. Manche – Gottlob, will man ja fast meinen – beherrschten die Kunst des Überspielens bis zur Perfektion: »Sagen Sie, Frau Brümmel, haben Sie nicht diesen Klavierlehrer an der Hand, der auch nach Hause kommt?« Befreiendes Gelächter.

# Schwulen-Demo, Playmobil, Klimbim

## Wann gab's was zum ersten Mal in den deutschen Siebzigern

1969: Der Arzt und Psychotherapeut Dr. Martin Goldstein alias Dr. Jochen Sommer beantwortet erstmals die Fragen von Jugendlichen zum Thema Sexualität in der *Bravo*.

16. März 1970: Der Deutsche Sportbund startet die Aktion »Trimm dich – durch Sport«, im Zuge derer im ganzen Land Trimm-dich-Pfade mit Maskottchen Trimmy entstehen.

23. Oktober 1970: Der erste *Schulmädchen-Report* kommt in die deutschen Kinos (und wird ein Riesenerfolg mit über sechs Millionen Zuschauern).

29. November 1970: Der erste *Tatort* (»Taxi nach Leipzig«) wird in der ARD ausgestrahlt (bis heute: sonntags, 20 Uhr 15); Walter Richter spielt Kommissar Trimmel (für die Aufnahme seiner Augen im Vorspann bekam Horst Lettenmayer 400 D-Mark)

7. März 1971: Die erste *Sendung mit der Maus* wird im Deutschen Fernsehen ausgestrahlt.

13. Mai 1971: Hans Rosenthal präsentiert zum ersten Mal seine Rateshow *Dalli Dalli* (ZDF).

4. August 1971: In München findet der erste bewaffnete Banküberfall mit Geiselnahme statt.

27. September 1971: Auf der Allgemeinen Nahrungs- und Genussmittel-Ausstellung in Köln wurden die ersten Mangos und Kiwis präsentiert. Da sie eine Art Fell hatte, hieß die Kiwi bei vielen zunächst »Obstmaus«.

4. Dezember 1971: Der erste McDonald's in Deutschland wird in der Martin-Luther-Straße in München-Obergiesing eröffnet.

1971 fuhr der erste Intercity auf der Strecke Hamburg–München

29. April 1972: In Münster findet die erste deutsche Schwulen-Demo statt.

18. Juni 1972: Nachdem die Mannschaft in Brüssel die Elf der Sowjetunion mit 3 : 0 geschlagen hat, ist die Bundesrepublik Deutschland zum ersten Mal Fußball-Europameister.

1. August 1972: Die erste Ausgabe des deutschen *Playboy* erscheint.

1972: Karin Sommer (eigentlich: Xenia Katzenstein) preist zum ersten Mal Jacobs-Kaffee, den Besten von Jacobs: die Krönung, an: Da schmeckt man das ganze Aroma … wunderbar!

1972 hieß es zum ersten Mal: »Hol dir die fröhlichen Blumen!« – von der Pril-Flasche natürlich.

1972 präsentierte der Spielzeughersteller BIG aus Fürth auf der Nürnberger Spielwarenmesse das erste Kinderrutschfahrzeug Bobby-Car.

1972: Im Münchner Olympiastadion wurde die erste beheizbare Rasenspielfläche in Betrieb genommen.

1973: Der erste von 2500 Jägermeister-Werbesprüchen wird veröffentlicht: »Ich trinke Jägermeister, weil ich für Schnapsideen immer was übrig habe.«

1973: Der vom Sachsenring Automobilwerk Zwickau seit 1957 gefertigte Trabant (Kunststoffkarosserie) war zum ersten Mal auch mit Scheibenwischer-Intervallautomatik (als Extra) zu haben.

8. Januar 1973: Die *Sesamstraße* mit Ernie und Bert, Samson und dem Krümelmonster wird zum ersten Mal in der ARD ausgestrahlt.

15. Januar 1973: Der WDR zeigt die erste Folge der Serie *Ein Herz und eine Seele* mit dem deutschen Spießer Ekel Alfred und seiner Frau Else Dorothea.

3. Februar 1973: Das *Aktuelle Sportstudio* im ZDF wurde zum ersten Mal von einer Frau moderiert: Carmen Thomas.

24. März 1973: Eintracht Braunschweig macht mit dem Jägermeisterhirsch in einem Spiel gegen Schalke 04 die erste Trikotwerbung.

1. Mai 1973: Die Studentenzahlen sind so stark gestiegen, dass die Zentralstelle für die Vergabe von Studienplätzen erstmals auf den Studienort der Studierenden Einfluss nimmt.

24. Juli 1973: Das deutsche Fernsehpublikum bekommt die erste Folge der Comedyserie *Klimbim* (mit Ingrid Steeger, Elisabeth Volkmann und Peer Augustinski) präsentiert.

20. September 1973: Die Eltern des 1969 tödlich verunglückten Björn Steiger gründen eine Stiftung zur Verbesserung der Notfallrettung und setzen die Einführung der allgemeinen Notrufnummern 110 und 112 und die Gründung von Rettungsleitstellen durch.

1974 bietet Ferrero das erste Überraschungsei (20 Gramm Schokolade und ein Spielzeug) an.

Februar 1974: Auf der Spielwarenmesse in Nürnberg wird Playmobil (erste Editionen: Wilder Westen, Ritter, Baustelle) vorgestellt (das erste weibliche Figürchen gab es 1976).

29. März 1974: Der erste VW Golf läuft vom Band.

7. Juni 1974: Wim Thoelke moderiert die erste Quizshow *Der große Preis* zugunsten der Aktion Sorgenkind.

13. Oktober 1974: In Eching bei München eröffnet der erste IKEA-Markt Deutschlands.

20. Oktober 1974: Die erste *Derrick*-Folge (mit Horst Tappert) wird ausgestrahlt.

22. Dezember 1974: Der WDR sendet die erste *Hobbythek* mit Jean Pütz.

10. Januar 1975: Das erste Auto rollt durch den 3 Kilometer langen Elbtunnel (nach über sechs Jahren Bauzeit).

16. Januar 1975: Der CSU-Vorsitzende Franz Josef Strauß ist der erste bundesdeutsche Politiker, der von dem chinesischen Parteichef Mao Tse-tung empfangen wird.

12. Juli 1975: Das ZDF strahlt die erste Folge der englischen Familienserie *Das Haus am Eaton Place* (Familie Bellamy) aus.

13. Oktober 1975: Das erste Yps-Heft (mit Gimmick natürlich) erscheint.

30. November 1975: Der Ungar Ernö Rubik lässt sich den Rubiks Cube, den Zauberwürfel, patentieren.

16. Juni 1976: Dagmar Berghoff verliest um 16 Uhr ihre erste Tagesschau.

9. September 1976: Der japanische Zeichentrickfilm *Biene Maja* läuft zum ersten Mal.

26. Januar 1977: Die feministische Zeitschrift *EMMA* (von Alice Schwarzer) erscheint zum ersten Mal.

3. Dezember 1977: Das ZDF zeigt die erste *Muppet Show* mit Kermit, Miss Piggy, Gonzo, Statler und Waldorf.

26. August 1978: Der sächsische Kosmonaut Sigmund Jähn flog mit der sowjetischen Raumkapsel Sojus 31 zur Raumstation Salut 6 und war damit der erste Deutsche im Weltall.

17. Januar 1979: Im Ruhrgebiet wird wegen eines zu hohen Schwefeldioxidgehalts in der Luft der erste Smogalarm in ausgelöst.

17. April 1979: Die linksalternative *Tageszeitung* (»taz») erscheint zum ersten Mal.

6. September 1979: Eine Fachjury kürt das erste »Spiel des Jahres«: *Hase und Igel* von Ravensburger.

# Wetter schön, Meer warm, Essen gut!

## Urlaub

Endlich Urlaub – wie herrlich! Das eigene Auto, steigende Gehälter und die gesetzliche Festlegung der Mindesturlaubstage machten es deutschen Wohlstandsbürgern seit Mitte der Sechziger möglich, mit Kind und Kegel auf Reisen zu gehen. Besonders beliebt: das bayerische Voralpenland. Vor heimatfilmähnlicher Bergkulisse erfreuten sich deutsche Touristen in Knickerbockern und karierten Wanderhemden an den Seppel-Aufmärschen von wild juchzenden Eingeborenen in Lederhosen und Gamsbarthüten. Sie lauschten den Alphornbläsern, besuchten Jodelaufführungen, Fingerhakel-, Säge- und Melk-Wettbewerbe. Sie vertilgten Unmengen an Knödeln und fetten Schweinebraten und ließen sich zum Abschluss mit ihrem Auto in einer Serpentine der deutschen Alpenstraße vor einer eindrücklichen Bergkette (»Den da nennen sie Watzmann!«) fotografieren. Neue Eindrücke und Erholung in exotischer Umgebung – so sollte Urlaub sein!
Die Sehnsucht nach Sonne, Meer, lauen Nächten und dem Dolce Vita von Bella Italia ließ jedoch immer mehr Deutsche zum Teutonengrill an die Adria aufbrechen. Man sprach von

»Reisewut« und meinte damit nicht das Gefühl, das hochkochte, wenn man stundenlang in der kilometerlangen Blechlawine steckte, um flott über die Alpen zu kommen, wofür man schließlich bereits um 3 Uhr morgens in Bocholt-Suderwick aufgebrochen war. Unser orangefarbener VW-Passat war immer bis unters Dach beladen und unsere Habseligkeiten unter der Heckklappe vorsorglich mit einem Laken bedeckt, um unverfrorene Ganoven nicht unnötig auf die Idee zu bringen, im Kofferraum des deutschen Urlauberautos könnte sich tatsächlich Transportgut befinden. Wie jedes Jahr zur Reisezeit hatten der ADAC und einschlägige Zeitungen vor barbarischen italienischen Straßenräubern gewarnt, die vor nichts und niemandem Halt machten und angeblich tagtäglich unschuldige Touristinnen, vor den Augen der Carabinieri, an ihren Perlenketten hinter ihren Motorrädern durch antike italienische Innenstädte schleiften. Mutti kontrollierte deshalb schon seit Kufstein in Tirol halbstündlich, ob unsere Reisepässe noch im abschließbaren Handschuhfach lagen, und vergewisserte sich zum tausendsten Mal, ob Vati denn auch wirklich zu Hause abgesperrt und die gewechselten Lire und die Reiseschecks sicher im Brustbeutel verstaut hätte. Wir fuhren seit ein paar Jahren nach Iesolo, immer ins Strandhotel »Il Sole«, immer mit Vollpension und den reservierten Sonnenliegen in der dritten Schirmreihe des voll möblierten Lido. Die ersten beiden Reihen direkt am Meer waren teurer, aber wenn man zu einer Zeit reiste, da nur noch die Baden-Württemberger Schulferien hatten, dann waren die Reihen nie belegt und man hatte auch von hinten freie Sicht. Meine Mutter wurde nie müde, bei jeder Adriafahrt darauf hinzuweisen, dass die Wischmeiers von nebenan (mit den vier Jungs) wieder an der Costa Brava Urlaub machten – mit dem Jumbojet – alles von Neckermann organisiert und gar nicht mal teuer. Mein Vater wollte jedoch nichts Neues ausprobieren. Er betonte seine ausgeprägte Liebe zu Italien und dem Dolcefarniente, stellte meiner Mutter aber, wie jedes Jahr, eine Kreuzfahrt in Aussicht, sobald wir Kinder aus dem Haus wären. Der Lido di Iesolo war unsere zweite Heimat. Hier kannten wir uns aus. Wir Kinder wussten, wenn wir mit der Luftmatratze abgetrieben waren, dass unser Sonnenschirm genau zwischen den beiden Betonrohren stand, die da brandungsnah ins Meer ragten. Schon oft hatten wir diese mit unseren Taucherbrillen untersucht. Keine Algenplage und keine Schreckensnachricht über die Mafia konnte uns davon abhalten, im Hochsommer dorthin zu reisen. Im Gegenteil: Wir wollten doch auch was erleben und suchten das Abenteuer – aber man musste das Schicksal ja nicht unnötig herausfordern. Schließlich wurde Italien damals gefährlicher eingestuft als der Libanon, Uganda und die DDR. Kaum hatten wir den Brennerpass überquert, forderte uns Mutti auch schon auf, die Knöpfchen an den Türen nach unten zu drücken und die Fenster hochzukurbeln, um den brutalen Straßenräubern keine Gelegenheit zu geben, an Ampeln Handtaschen, Fotoapparate und andere Wertgegenstände aus unserem Wagen an sich zu reißen. Während wir bei über 40 Grad auf unseren Kunststoffsitzen langsam verglühten und begannen, von Zebrastreifen auf Autobahnen zu halluzinieren, echauffierte sich mein Vater jedes Mal bis zur Ankunft in Iesolo (ohne unnötige Stopps an Raststätten eingelegt zu haben) über die italienische Autobahngebühr, die er als kriminelle Wegelagerei bezeichnete. Unser Zwei-Sterne-Hotel war gediegen, der Strand gerecht, das Essen üppig und es gab »deutse Birlager helles«, »snaps Jägermeiste« und »deutse kaffee a la filter« auf der Speisekarte. Den Besitzer durften wir schon seit unserem ersten Besuch Salvatore nennen. Er kniff uns »bambini« täglich mehrfach satt in die Wohlstandsbacken, streichelte begeistert unser blondes Haupthaar, nannte meine Mutter »Bella« oder »Amore mio« und meinen Volksschullehrer-Vater »Professore« und alle waren (wie immer) von der italienischen Gastfreundlichkeit hingerissen. Einmal im Jahr durfte man sich's ja wohl gut gehen lassen, das hatte man sich wahrlich verdient – und dass man »Wetter schön, Meer warm, Essen gut! Sonnige Grüße von der Adria sendet Familie Kleinschmidt« auf Postkarten schreiben durfte. Mehr Inhalt hatten die Ansichtskarten in den Siebzigern eigentlich nie. Trotzdem gehörten sie zum Pflichtprogramm eines Urlaubs. Sie bewiesen den brav Zuhause-Gebliebenen unseren exklusiven Aufenthalt in der weiten Ferne. Gerne durften die Ecken abgestoßen sein, wenn die Urlaubsgrüße deutsche Briefkästen erreichten, schließlich waren die DIN-A6-großen Pappendeckel weit gereist. Außerdem mussten sie unbedingt bei unseren – hoffentlich neidischen (und von daher schon blassen) – Nachbarn und Verwandten eingegangen sein, bevor wir mit unserer eindrucksvollen Körperbräune, unserem original Mittelmeer-Kescher, dem überdimensionalen Gummikrokodil und dem literweise importierten roten Chianti-Fusel in Korbflaschen sichtlich erholt wieder persönlich bei ihnen erschienen. Deswegen war man schon ab dem ersten Urlaubstag damit beschäftigt, Souvenirläden aufzusuchen und an unzähligen Drehständern nach Postkarten zu suchen, ausreichend

Francobolli zu besorgen, Postleitzahlen herauszufinden und alle Familienmitglieder damit zu nerven, endlich ihren Servus unter die Urlaubsgrüße zu setzen. Der Text war grundsätzlich knapp (schließlich hatte man ja noch nicht viel erlebt) und unbedingt positiv zu halten. Die Hochglanzvorderseite zeigte die modernen Beton-Bettenburgen am Lido di Iesolo, ein Kreuz mit Kugelschreiber in einem der 7000 Fenster machte deutlich, dass wir uns auch dieses Jahr wieder ein Appartement mit Meeresblick geleistet hatten. Wir unternahmen keine großen Ausflüge – zu gefährlich! Der tägliche Kontakt mit den emsigen Strandhändlern, die unermüdlich »Cocco bello!«, »Gelati!« oder »Komme gucke!« riefen, oder mit dem fröhlichen Pizzabäcker Gino, aber vor allem die unvergessenen bunten Folkloreabende im Hotel mit dem »Vico-Torriani-Double« Giuseppe, der mit Gondoliere-Hut und roter Bauchbinde von »mare«, »sole«, »capri« und »amore« trällerte und mit seiner Mandoline breit grinsend von Tisch zu Tisch ging, vermittelten uns das Gefühl, Land und Leute richtig kennengelernt zu haben. Es tat gut, sich bedienen zu lassen, hofiert zu werden, zu spüren, sich etwas leisten zu können und sich dabei sogar ein klein wenig überlegen zu fühlen, nach all dem Stress und Erfolgsdruck des vergangenen Jahres. Wir amüsierten uns über die winzigen verrosteten, dreirädrigen Transportfahrzeuge, über abgeblätterte Fassaden mit Elektroleitungsorgien, die auf Putz verlegt worden waren, und über die Schreibfehler an der Touristeninformation. »Vorsigt! Heute Böe von Organ!« war da einmal als Warnung angeschrieben. Kein Wunder! Heute Abend stand ja auch noch »eisebein con crauti« auf der Speisekarte.

# »Möge die Macht mit dir sein!«

## *Das* war Kino!

Heute sehen wir uns Pixars computergenerierte Animationskünste und Spezialeffekte wie in *Oben*, *Der seltsame Fall des Benjamin Button*, *Harry Potter* oder *The Dark Knight* an. Technisch perfekt, neuester Stand der Möglichkeiten, gute Unterhaltung. Aber reicht das Gefühl an das heran, was Monty Pythons *Das Leben des Brian* oder Steven Spielbergs *Der weiße Hai* in uns auslöste? Wohl kaum.

Dieser herrliche, respektlose britische Humor, der das veräppelte, was wir brav ernst nahmen, und kirchliche Autoritäten ebenso geistreich wie kühn infrage stellte!

Dieser in alle Glieder kriechende Schrecken, diese archaische Gewissheit, dass Wasser – das der Ozeane am wenigsten – einfach nicht unser Element ist, dieses innere Erstarren beim Anblick des riesigen Hais, der die Küstengewässer vor dem Seebad Amity rot verfärbte, diese Musik, die einem noch heute das Blut in den Adern gefrieren lässt. *Das* war eine Revolution, etwas Neues. Hollywood hatte mit dem weißen Hai den ersten richtigen Blockbuster, einen der besten und bis heute bekanntesten Thriller aller Zeiten, Horror als Filmkunst, vielfach ausgezeichnet. Steven Spielberg hatte keine Mühen gescheut und die Möglichkeiten seiner Zeit voll genutzt: Ein zwergwüchsiger Mann in einem kleinen Käfig ließ den ihn umlauernden Hai riesengroß erscheinen. Echte Haie verfingen sich in Ketten und sahen so aus, als kämpften sie gegen das Boot. Die Opfer trugen im Wasser Gurte um die Hüften, an denen Helfer vom Ufer aus herumzerrten, sodass es aussah, als reiße und rüttele ein gewaltiges Untier unter der Wasseroberfläche an den Gliedmaßen des armen Schwimmers. Das Kunststoffmodell des Untiers soff ständig ab und die komplizierte Mechanik funktionierte unter Wasser nicht. Aber was merkten wir schon davon, als wir gebannt vor Schrecken auf die Leinwand starrten? Kaum je ist uns etwas wieder so unter die Haut gegangen. *Der weiße Hai* mit eingespielten etwa 500 Millionen Dollar war der kommerziell erfolgreichste Film, bis 1977 George Lucas' *Krieg der Sterne (Star Wars)* in die Kinos kam: ein Phänomen der Popkultur. Der Film und die Merchandisingaktionen haben bislang geschätzte 21 Milliarden Dollar eingebracht: das erfolgreichste Filmprodukt aller Zeiten. Das Gerangel um geheime Schriftstücke, die vom Todesstern nach Alderaan gebracht werden sollen, ist sekundär: Was uns gefangen genommen hat, sind die Namen, die Aufmachung, die galaktische Lebenswelt: Prinzessin Leia Organa (Carrie Fisher) mit bravem Zopfgeflecht um den Kopf aber umso betörender. Luke Skywalker (Mark Hamill), der jungenhafte, helle Held, Darth Vader (David Prowse), die schwarze und imperiale Inkarnation des Bösen, das womöglich tatsächlich auf uns im unendlichen All lauert. Der mutige Han Solo (Harrison Ford) vom Volk der Corellianer, Absolvent der Imperialen Akademie und heldenhafter Retter von Prinzessin

Leia, die in Liebe zu ihm entbrannte und ihm später drei Kinder gebar. Des Weiteren der Astromechaniker-Droide R2-D2, der wie eine Hightech-Waschtrommel aussah und nur Pfeiftöne von sich gab, und der riesenhafte Chewbacca vom ganzkörperbehaarten Volk der Wookies, Navigator und Freund von Han Solo. Und: Was wäre unser Leben und das unserer kleinen Söhne ohne Jedi-Ritter und Lichtschwerter?
Als *Superman* 1978 endlich verfilmt wurde, war das eine weitere Riesenattraktion: Die Spezialeffekte galten als sensationell. Jahrelang hatte Regisseur Richard Donner an dem Streifen herumgefrickelt. Stars wie Marlon Brando und Gene Hackman wirkten mit, aber die Hauptrolle hatte ein Newcomer: Christopher Reeve, rund um den es zwar unübersehbar flimmerte, wenn er in dem blau-rot-gelben Enganzug durch die Lüfte flog, der uns aber dennoch begeisterte. »Er wird anders sein … ein Fremder», heißt es bedeutungsschwer – und o ja: Reeve als Superman war anders, war fähig zu allem, was Menschen schon immer gerne können wollten (fliegen, übersinnliche Wahrnehmung, Unsterblichkeit). Es war ja noch gar nicht lange her, da waren die heute geradezu rührend anmutenden Tricks der *Pippi-Langstrumpf*-Filme das Nonplusultra dessen, was uns geboten wurde.
In den Sechzigern hatte das Kino sich über Edgar-Wallace- und Karl-May-Verfilmungen sowie *Lolita*, *Barbarella*, *Zur Sache, Schätzchen*, *Außer Atem* und brutale Italowestern (etwa *Für eine Handvoll Dollar* und *Spiel mir das Lied vom Tod*) herangefilmt an moderne Zeiten, in denen Liebe, Spannung und Gewalt immer freizügiger gehandhabt werden durften. Sie machten den Weg frei für den allergrößten Kassenschla-

ger im Deutschland der Siebziger: *Vier Fäuste für ein Halleluja* (1972) mit Terence Hill, dem italienischen Filmkomiker, und Bud Spencer, der gewichtige Ex-Chemiestudent und Schwimmolympionike (1952 in Helsinki Fünfter über 100 Meter Freistil).

Ist es nicht so? Je älter man wird, desto mehr wird Kino ein Zeitvertreib, der nicht mehr so nachhaltig wirkt. Filme beeindrucken und gefallen, aber sie sinken nicht mehr so tief ein. Wie die, an deren markante Zitate wir uns auch nach Jahrzehnten noch erinnern. Etliche Zitate haben Kultstatus erlangt und beschwören augenblicklich einen ganzen Film herauf.

***Love Story* (USA, 1970),** Regie: Arthur Hiller
Mit Ali MacGraw, Ryan O'Neal
»Liebe bedeutet, niemals um Verzeihung bitten zu müssen.«

***Schulmädchen-Report* (D, 1970),** Regie: Ernst Hofbauer
Mit vornehmlich unbekannten jungen Darstellerinnen
»Wir leben alle noch in einer Sexualmoral, die sich längst überholt hat.«

***Harold und Maude* (USA, 1971),** Regie: Hal Ashby
Mit Ruth Gordon, Bud Cort
»Laster, Tugend! Es ist besser, wenn man nicht zu moralisch ist, dabei entgeht einem zu viel im Leben.«

***Vier Fäuste für ein Halleluja* (I, 1972),** Regie: Enzo Barboni
Mit Terence Hill, Bud Spencer
»Der Herr sei mit euch.« – »Danke, wir reisen allein!«

***Zwei Himmelhunde auf dem Weg zur Hölle* (I, 1972),** Regie: Giuseppe Colizzi
Mit Terence Hill, Bud Spencer
»Eu!!! Der schlägt 'ne Keule, dafür braucht er eigentlich 'n Waffenschein.«

***Der Pate* (USA, 1972),** Regie: Francis Ford Coppola
Mit Marlon Brando, Al Pacino, Diane Keaton, Robert Duvall
»Ich werde ihm ein Angebot machen, das er nicht ablehnen kann.«

***Aguirre, der Zorn Gottes* (D, 1972),** Regie: Werner Herzog
Mit Klaus Kinski
»Wenn ich, Aguirre, will, dass die Vögel tot von den Bäumen fallen, dann fallen die Vögel tot von den Bäumen herunter. Ich bin der Zorn Gottes.«

***Mein Name ist Nobody* (D, I, F 1973),** Regie: Tonino Valerii
Mit Terence Hill, Henry Fonda
Cowboy: »Ich hätte gern drei Eier.« – Nobody: »Wer nicht?!«

***Das fliegende Klassenzimmer* (D, 1973),** Regie: Werner Jacobs
Mit Joachim Fuchsberger, Heinz Reincke, Diana Körner
»Wie schön, Schule als Abenteuer.«

***Rocky Horror Picture Show* (USA, 1975),** Regie: Jim Sharman
Mit Tim Curry, Susan Sarandon, Meat Loaf
»Well, Babies, don't you panic.«

***Einer flog über das Kuckucksnest* (USA, 1975),** Regie: Miloš Forman
Mit Jack Nicholson, Louise Fletcher, Danny DeVito, Will Sampson
»Die haben mir pro Tag 10 000 Watt verpasst und jetzt bin ich richtig aufgeheizt! Die nächste Frau, die ich vernasche, wird aufleuchten wie ein Spielautomat und lauter Silberdollar ausspucken!«

***Der weiße Hai* (USA, 1975),** Regie: Steven Spielberg
Mit Roy Scheider, Richard Dreyfuss, Robert Shaw
»Wir werden ein größeres Boot brauchen.«

***Rocky* (USA, 1976),** Regie: John G. Avildsen
Mit Sylvester Stallone
»Ich werde den großen Kampf gewinnen.«

***Krieg der Sterne (Star Wars)* (USA, 1977),** Regie: George Lucas
Mit Mark Hamill, Harrison Ford, Carrie Fisher
»Möge die Macht mit dir sein.«

***Eis am Stiel* (Israel, 1977),** Regie: Boaz Davidson
Mit Yftach Katzur, Jonathan Sagalle
»Der Nächste, Jungs, der Nächste!«

***Saturday Night Fever (Nur Samstag Nacht)* (USA, 1977),** Regie: John Badham
Mit John Travolta
»Die Bräute verstehen das falsch – wenn man ihnen mal unter den Rock fasst, wollen sie gleich mit einem tanzen.«

***Grease* (USA, 1978),** Regie: Randal Kleiser
Mit John Travolta, Olivia Newton-John
Sandy: »Danny!« – Danny: »Das ist mein Name, nutz ihn nicht ab, Baby.«

***Die Blechtrommel* (D, 1979),** Regie: Volker Schlöndorff
Mit David Bennent, Mario Adorf, Angela Winkler, Katharina Thalbach
»Ich erblickte das Licht der Welt in Form einer 60-Watt-Glühbirne.«

***Das Leben des Brian* (GB, 1979),** Regie: Terry Jones
Mit Graham Chapman, John Cleese, Terry Jones, Eric Idle, Michael Palin
Brians Mutter zu den Heiligen Drei Königen: »Was? Huldigen? Ihr seid wohl besoffen! Das ist ja ekelhaft, raus mit euch, raus, raus! Hier hereinzuplatzen mit eurem Gequatsche über orientalische Wahrsager! Verschwindet, verschwindet, und preist irgendein anderes Gör!«

***Apocalypse Now* (USA, 1979),** Regie: Francis Ford Coppola
Mit Martin Sheen, Marlon Brando, Dennis Hopper
»Ich liebe den Geruch von Napalm am Morgen.«

***Alien – Das unheimliche Wesen aus einer fremden Welt* (USA, GB 1979),** Regie: Ridley Scott
Mit Sigourney Weaver
»Sie scheinen immer noch zu verstehen, womit sie es zu tun haben. Mit dem perfekten Organismus! Nur seine Feindseligkeit übertrifft noch seine perfekte Struktur.«

***La Boum – die Fete* (F, 1980),** Regie: Claude Pinoteau
Mit Sophie Marceau, Claude Brasseur
»Was soll ich bloß anziehen?«

***Das Boot* (D, 1981),** Regie: Wolfgang Petersen
Mit Jürgen Prochnow, Herbert Grönemeyer, Uwe Ochsenknecht, Heinz Hoenig, Otto Sander
»Das muss das Boot abkönnen.«

***E.T. – Der Außerirdische* (USA, 1982),** Regie: Steven Spielberg
Mit Henry Thomas, Drew Barrymore
»… nach Hause telefonieren …«

***Fitzcarraldo* (D, 1982),** Regie: Werner Herzog
Mit Klaus Kinski, Claudia Cardinale
»Mein Schiff!«

***Flashdance* (USA, 1983),** Regie: Adrain Lyne
Mit Jennifer Beals, Michael Nouri
»Du gehst da raus, die Musik fängt an und du beginnst es zu fühlen und der Körper fängt wie von selbst an sich zu bewegen.«

***Die flambierte Frau* (D, 1983),** Regie: Robert van Ackeren
Mit Gudrun Landgrebe, Mathieu Carrière
»Von mir kriegst du nichts, gar nichts, eine Frau wie mich wirst du nie besitzen.«

***Die Supernasen* (D, 1983),** Regie: Dieter Pröttel
Mit Mike Krüger, Thomas Gottschalk
»Hab ich dir schon gesagt, dass man mich auch »Mocca« nennt? Mein Kaffee haut sogar Karin Sommer aus ihren Pumps!«

***Indiana Jones und der Tempel des Todes* (USA, 1984),** Regie: Steven Spielberg
Mit Harrison Ford, Kate Capshaw
»Ich hab dir erlaubt, dich an meine Fersen zu heften. Aber jetzt mach mal 'ne Pause und halt die Klappe!«

***Männer* (D, 1985),** Regie: Doris Dörrie
Mit Uwe Ochsenknecht, Ulrike Kriener, Heiner Lauterbach
»Ein Manager setzt sich keinen Papierhut auf und steigt auch nicht auf 'nen Stuhl, wenn man's ihm sagt – Test nicht bestanden.«

# Legal, illegal, Ikearegal

## Persönlichkeitsveränderungen

Die Polyesterhemden, Wollstrumpfhosen und Lodenmäntelchen aus Kindertagen waren längst in einer Erbkiste an die bedauernswerten Kinder von Vatis jüngstem Bruder gegangen. Wir trugen inzwischen lila Batik-T-Shirts, Peace-Zeichen an Lederbändern und überdimensionale Latzhosen mit »Atomkraft? – Nein-Danke«-Buttons, runde John-Lennon-Sonnenbrillen, Parkas und die Haare offen. Von unseren Erziehungsberechtigten wurden wir als Gammler beschimpft, die aussähen, als wären sie vom Roten Kreuz ausgestattet worden. Wir nannten uns »Alternative«, hatten keinen Bock auf Diskussionen mit unseren »Alten« und setzten uns, frei nach dem Motto: »Unter dem Pflaster liegt der Strand«, demonstrativ auf den staubigen Schulhofboden. Die ganz Tapferen unter uns hatten bereits morgens selbst geschrotetes Müsli gegessen und strickten nun provokativ im Schulunterricht an ihren Oversizepullis in Norwegermustern – wie die ersten Abgeordneten der Grünen im Bundestag. Nachmittags trafen wir uns in 8 Quadratmeter großen abgedunkelten Jugendzimmern, deren Sandmännchentapeten aus den frühen Siebzigern schon unzählige Male mit düsteren Weltuntergangsfarben eigenhändig überstrichen worden waren. Bei genauerem Hinsehen entdeckte man noch so manches goldene Sandsäckchen unter der Farbe schimmern, bezeichnend dafür, dass wir unsere Kindheit doch noch nicht ganz hinter uns gelassen hatten. Wir drehten farbige Glühbirnen in die Lampenfassungen, hängten indische Tücher über die Vorhangsstangen, schliefen nicht mehr im Bett, sondern nur noch auf einer Matratze am Boden und verkleideten die Oberflächen unseres Formaldehyd-Kinderzimmer-Mobiliars mit BAP-Interviews aus der *Bravo*. Gene Simmons von Kiss streckte seine eindrückliche Zunge (damals kursierte noch das Gerücht, er hätte sich eine Kalbszunge implantieren lassen) jedem entgegen, der es wagte, unseren privaten Rückzugsbereich zu betreten. Daneben zeugte ein Schwarz-Weiß-Poster, auf dem ein bizepsbepackter junger Mann zärtlich einen Säugling im Arm hielt, von unseren wahren Sehnsüchten, während wir Schlaubischlümpfe (vermeintlich intellektuell) über das Waldsterben, den Sinn oder Unsinn von Wehrpflicht und Atomkraftwerken diskutierten und Weisheiten wie »Petting statt Pershing!«, »Legalize Erdbeercis!« oder »Lieber hochschwanger als niederträchtig!« auf die Innenseiten unserer Schulaktenordner kritzelten. Wir rochen nach Moschus, die Räucherstäbchen nach Vanille, der künstlich parfümierte Schwarztee aus dem Orientladen nach Maracuja. Wir hassten Popper, trugen irgendwann dieselbe Frisur wie Nena, bunte Plastikohrclips, Bodys unter Netzhemden und enge gestreifte Hosen. Heimlich süffelten wir Amaretto und Cinzano und pafften unsere ersten Light-Zigaretten. Mit blauer Wimperntusche färbten wir uns eine voll punkige Haarsträhne ein und insgeheim schwärmten wir doch mehr für Männer wie Magnum oder Sonny Crockett als für echt voll betroffene Pflastersteinwerfer mit Rest-Haferflocken im Vollbart. Jahrelang hockten wir so in unseren düsteren Räucherbuden, grübelten über den Sinn des Lebens nach und suchten vor allem nach uns selbst. Das Einzige, was wir ganz genau wussten, war, dass wir auf keinen Fall so enden wollten wie unsere voll spießigen Eltern. Heute wohnen wir am selben Ort, verheiratet, zwei Kinder. Die Jugendzimmer haben unsere Töchter bezogen. »Eintritt verboten – Lebensgefahr!« steht außen an den Türen. Damals hatten wir noch gehofft, ein verwegener Honda-MTX-Fahrer würde des Weges gerast kommen, vor unserem Waschbeton-Vorgarten eine Vollbremsung hinlegen und uns bitten, auf sein dampfendes Ross zu steigen, um uns endlich aus der Tristesse unserer Reihenhaussiedlung herauszuholen. Im Hintergrund lief damals Spliff: »Wir sind die letzten von hundertzehn … wir warten, bis die Zeit vergeht …«.

## Das gehörte zum Outfit der Jugendlichen in den Achtzigerjahren:

# A

Allround-Adidas-Stiefel

Anti-Atomkraft-Sonne

Aktenkoffer mit Zahlenschloss

# B

Buttons

Bundfaltenhosen

Ballerinas

Bodys

Benetton

Berlington-Rautenstrümpfe

# C

Collegeschuhe

# E

Espadrilles

# D

3-D-Brille

# F

Fiorucci-Engel
Fruit-of-the-loom-Sweater
Fick-mich-Palmen

# G

riesige, dünne Goldcreolen

# H

Holzfällerhemden
Hawaiihemd

# I

Indische Tücher

# J

Jesuslatschen
Jutetaschen
Jojo

# K

Karottenjeans
Knautschlack

# L

kurze, schwarze Lederjacken
Lederkrawatte
Lederslipper (ohne Socken)
Lipgloss
Legwarmer
Leggings
Lederjeans und Latzhosen

# M

Matchsack
Moonboots
my-melody (Duft)
Mozartschleifen
Moschusduft
Muscle-Shirt

# N

Nietenarmband
Netzhemden
Null-Bock-Gesichtsausdruck

# O

Oversize-T-Shirts
Ohrring bei Männern

# P

Papierjacken
Paspeljeans
neonfarben-schwarz-weißer Plastik-Modeschmuck
Plüschohrenschützer
Parka
Palästinensertuch (Arafatwindel)
Polohemden
Pornobalken
Popperschnitt

# R

Rautenpullover
Rastalocken
Räucherstäbchen

# S

Schulterpolster
Schneehemden (elho)
Strickmützen mit Rollrand
Schweißbänder
Socken mit Rüschenkrempe
Sonnenbrillen mit Kunststoffrahmen
Samthaargummis
Swatchuhren
Schlüsselband im Telefonkabellook
bunte Haarsträhnen
(chinesische) Samtschuhe
Sandalen von Birkenstock

# T

Tennissocken
T-Shirts mit Aufdruck
T-Shirts unter Sakkos

# V

V-Ausschnitt
Vokuhilas

# W

Walkman
Wildleder-Stiefeletten
Webgürtel (das Ende hing vorne runter)
Wimperntusche (blau)

# Y

Yetistiefel (Moonboots mit Fell)

# Z

Zündschnur-Frisuren

# Legalize Erdbeereis!

## Jugendsprüche der Achtziger

- Sonne statt Reagan!
- Lieber ein Haus im Grünen als 'nen Grünen im Haus
- Lieber mit Betty im Wald als mit Waldi im Bett
- Willst du wirkungsvoll verhüten, nimm Melitta-Filtertüten
- Lieber arm dran als Arm ab
- Siehst du einen Popper fliegen, schieß ihn ab und lass' ihn liegen.
- Lieber ein erregter Bekannter als ein unbekannter Erreger
- »Mama, Mama ich will nicht nach Amerika!« – »Sei still und schwimm weiter!«
- Lieber Sydne Rome als Paris Dakar
- Liegt der Popper tot im Keller, war der Punker wieder schneller
- Hast du Haschisch in den Taschen, hast du immer was zu Naschen.
- Lieber 'ne Blinde im Bett als 'ne Taube auf'm Dach
- Aus Spaß wurde Ernst – Ernst ist heute 2 Jahre alt.
- Wissen ist Macht. Nix wissen macht nix.
- Lieber null Bock als gar keine Ziege
- Sterben musst du sowieso – schneller geht's mit Marlboro

- Epilepi, aber happy
- Lieber am Busen der Natur als am Arsch der Welt
- Morgenstund hat Gold im Mund. Und Gold im Mund ist ungesund.
- Wenn am Sarg die Witwe kichert, war ihr Alter gut versichert!
- Lieber locker vom Hocker als hektisch übern Ecktisch
- Auf Stahl wachsen keine Haare. (*auf seine haarlose Brust zeig*)
- In des Daseins stillen Glanz platzt der Mensch mit Ententanz
- Hast du mal 'ne Zigarette? Meine sind noch im Automaten
- Ich bin total gut drauf – bist du gut drunter?
- Was ist rot-orange und rennt durch den Wald?
  Ein Rudel Möhren!
- Was ist weiß und steht auf der Weide?
  Eine Herde Joghurt!
- Ich bleibe meinem Motto treu: schwul, pervers und arbeitsscheu.
- Lieber 'n warmer Typ als 'ne coole Braut
- Stoppt die Überbevölkerung, werdet schwul!
- Lieber Rotwein als tot sein
- Deutsche Waffen, deutsches Geld morden mit in aller Welt
- Lieber 'nen wackeligen Kneipentisch als einen festen Arbeitsplatz
- Kein Arsch kein Tittchen, sieht aus wie Schneewittchen …
- Andere Länder, andere Titten.

# Mit Gimmick!

## Worauf wir früher scharf waren

### Yps-Heft

Bis zu einer halben Million junge Leser erwarteten das wöchentliche Ereignis, nachdem am 13. Oktober 1975 das erste Yps-Heft mit Gimmick (ein Schleuder-Katapult) zu haben war. 25 Jahre gab es das Heft, bis ihm Playstation und Gameboy den Rang abliefen. Yinni und Yan (und Yorick und Yack), Wangaroo, das Dschungelkind, und die Punk-Piraten (unter anderem mit Punkfried, Punkratz und Punkwart) waren unsere getreuen Begleiter; das Gimmick war in manchen Wochen wichtiger als das Kuscheltier! Dank Yps weiß die Nation, was ein Furzkissen ist und hat jeder Zweite schon mal Urzeitkrebse gezüchtet. Detektiv-Set, Armbrust, Basketballkorb, Solar-Zeppelin (irgendwo im Taunus meldete die Flugwacht ein UFO), U-Boot, Agenten-Ausweis, Ostereierbaum, Witzebücher, Sirenenkreisel, mexikanische Springbohnen, Zweimannzelt (nun, es handelte sich um eine Art Müllsack): ohne sie wäre unsere Kindheit um so viel erlebnisärmer gewesen.

## Bessy

Die Collie-Hündin stand Lassie in nichts nach und schlug sich wacker, klug und mutig in zahllosen (992) Abenteuern. Kein anderer Hund vollführte so perfekte, überraschende und umwerfende Sprünge gegen die Feinde, während sein Herrchen Andy – immer im Dienste des Guten – »Arrargh, nimm dies!« rief und mit einem Kinnhaken nachgrätschte. Tja, wenn ich nach der Lektüre so unseren o-beinigen Cockerspaniel und meine Blümchen-Clogs betrachtete, dann wusste ich, dass der Wilde Westen sehr, sehr weit weg war.

## Silberpfeil

Für den jungen Kiowa-Häuptling wären meine Freundinnen und ich auch Squaw Nummer zwei neben Mondkind geworden. Wir hätten unser Zimmer im Reihenendhaus gegen ein Büffellederzelt eingetauscht, das Salamibrot gegen ein ehrliches Stück getrocknetes Biberfleisch und den Familienhund Purzel gegen das Pumakind Tinka, das der edlen Rothaut immer mal zwischen den Füßen rumlief, wenn er mit seinem weißen Freund Falk fiese Banditen überlistete.

## Barbapaparadiergummi

Zu einer Zeit, als es noch nicht zu jeder Kinderbuch- und Zeichentrickfigur Bettwäsche, Ganzkörperkostüme, Hausschuhe und Zahnbürsten gab, war ein Barbapaparadiergummi eine echte Schau: Nicht der übliche blaurote Langweilratzefummel, sondern eine rosa Birne mit freundlichem Gesicht: Barbapapa (rosa), Mann von Barbamama (schwarz),

Vater von Barbarix (blau), Barbakus (gelb), Barbawum (rot), Barbabo (schwarz und haarig), Barbalala (grün), Barbabella (lila) und Barbaletta (orange). Leider war der Radiergummi nicht ganz so verformbar wie die Barbapapas und überlebte denn auch den Versuch, ihn – ra-ro-rick – Barbatrick – in eine Gitarre zu verwandeln, nicht.

### Barbarella-Poster

Barbarella war eigentlich ein eher mieses Science-Fiction-Filmchen. Was die Future-Astronautin, deren Friedensmission ein verkapptes Dauersex-Abenteuer war, zur absoluten Kultschlampe gemacht hat, war Jane Fonda als erotisch-naive Galaxis-Reisende, die weder vor Frauen noch vor Engeln und schon gar nicht vor Männern Halt machte und deren Sexualleben genauso zügellos war wie ihr unanständiger, durchsichtiger, komplette Willigkeit ausstrahlender Raumanzug. Ein Poster dieser Space-Nudel mit stulpigen Zu-allem-bereit-Stiefeln, Spitzbrüsten und Wühl-mich-Mähne war eine kleine Demonstration der eigenen Entschlossenheit zu wilden Erfahrungen.

### Che-Guevara-Poster

Der Anführer der Kubanischen Revolution gehörte überall dort hin, wo man Räucherkerzen abbrannte und auf Matratzen lagerte. Das Poster besagte klar: Hier wohnt jemand, der sehr unangepasst ist, das Establishment klarsichtig infrage stellt, marxistische Fragen für grundsätzlich sehr bedenkenswert hält und unter gewissen Umständen selbst bestimmt ein Guerillaführer geworden wäre. Bürgerlichkeit, Konsum und die Ölgemälde der Eltern wurden durch das

Poster der ansehnlichen Revolutionssymbolfigur in ihre engstirnigen Schranken gewiesen.

## Jimi-Hendrix-Poster

Wild und auf Drogen waren sie alle: Janis Joplin soff auf der Bühne, Pete Townshend zerdepperte seine Gitarre, bis sie jaulend liegen blieb, Jim Morrison wurde wegen unsittlicher öffentlicher Entblößung angeklagt. Und Jimi Hendrix steckte seine Gitarre in Brand. Aber er spielte sie auch mit den Zähnen und mit der Zunge und manchmal sah er nicht mal hin, sondern hielt sie auf dem Rücken. Und dazu trug er diese hinreißenden bunten Seidenstirnbänder und Klimperketten und schrille Westen und gab wie kein Zweiter den Rock-Wizard. Und das war einfach unglaublich unwiderstehlich, dieses Feuerwerk wollten wir uns wenigstens als Poster in unser Jugendzimmer holen, auf dass ein Hauch »Hey, Joe« zwischen Sitzsack und Flokati hindurchwehe.

## Patchouli

Das war der Duft der großen weiten Hippie-Flower-Power-Welt! Und der sollte auch durch die Jugendzimmer in Wanne-Eickel und die Teeläden in Hannover ziehen. Besonders beliebt war Patchouli in den Kifferbuden, weil es angeblich den Geruch von Cannabis überdecken konnte. Das hat zwar nicht ganz hingehauen, aber intensiv gerochen hat das Zeug schon: nach exotischem Mief und orientalischer Fallobstgärung. Praktischerweise wurde es gleichermaßen als Aphrodisiakum wie als Antidepressivum empfohlen und sollte gut gegen Akne, Fußpilz und Frigidität helfen. Her damit!

### Räucherstäbchen

Sie qualmten uns die Bude voll und man roch noch Tage später nach Holzbrand und Bambus, Zimt, Weihrauch, Vanille oder sonst was Lieblich-Exotischem. Aber nur mit Räucherstäbchen war man ein echtes Kind seiner Zeit. Auf einem Stäbchenhalter mussten die Dinger langsam abkokeln, während man mit nachdenklicher Miene in den dünnen Ringelrauchfaden blickte und sein irdisches Denken in total feinstoffliche Sphären rüberspacte.

### Metallbox für Zigaretten

Mit dem Rauchen hatten wir irgendwann halt mal angefangen, und ganz wohl war uns nicht dabei, und wenn die Eltern es nicht so richtig mitgekriegt haben, umso besser. Und da kamen uns die Metallboxen, die es in jedem Asia-Tee-Laden stapelweise gab, sehr gelegen. In die konnten wir unsere so gar nicht orientalische HB- oder Camel-Packung hinter indischen Ranken versenken.

### Fix und Foxi

Meine Schwester und ich wollten auch eine gelbe (Fix) und eine blaue (Foxi) Latzhose haben und Oma Eusebia war oft viel netter als unsere eigene, auch wenn sie dauernd mit dem Nudelholz rumgefuchtelt hat. Ihr Enkel Lupo kriegte zwar außer Torten-Essen und Rumhängen nichts gebacken, aber er hatte diese herrlich abgerockte alte Windmühle, den Mäuseturm, und war im Grunde doch der perfekteste Hippie von allen. Allenfalls zu schlagen von Hops und Stops, die sehr modern in einer Wohngemeinschaft lebten und sehr viel Toleranz üben mussten, weil Hops ständig zu viel Geld raushaute, während Stops ein freundlicher Nullchecker und ziemlich angespießt war.

## Alte Matratze

Auf der wurde geschlafen, gesessen, geraucht und die Welt besprochen. Eine alte Matratze musste noch ins Zimmer, egal wie eng es wurde, sonst hatte die Bude einfach nicht die richtige Ausstrahlung: so eine Mischung aus bescheiden, intellektuell und antispießig. Belegt wurde das unbequeme Monster gern mit einer Webdecke aus dem Dritte-Welt-Laden, der mit dem Verkauf ein total faires Projekt in den Anden unterstützte.

## *Bravo*

*Der* Inbegriff der Begehrlichkeiten! Auf die *Bravo* stürzte sich jede(r), der oder die irgendwo eine rumliegen sah, denn einfach so kaufen wie eine Tierpostkarte durften sie ja die wenigsten. Da fragt man sich, wer eigentlich die 1,8 Millionen Hefte pro Woche (1979) abgegriffen hat. Viele Eltern empfanden die *Bravo* irgendwie als unanständig und viel zu freizügig und gar keinen guten Einfluss. Besonders ab 1969, als Dr. Jochen Sommer (und später Dr. Alexander Korff) mit seiner Sexualberatung anfing und Fragen beantwortete, an die sich unsere Eltern nicht rantrauten. »Angst vorm ersten Mal!«, »Bin ich zu jung für Petting?« oder »Hilfe, mein Penis ist schlaff!« waren Themen, derer er sich annahm und bei der Beantwortung ganz unverkrampft von Glied und Scheide – huch! – redete, als ginge es um Ohrmuschel und Schneidezähne. Scharf waren wir aber auch auf die Poster: Knickfalten durch die Gesichter, billiges Papier, körniger Druck, aber egal: ABBA, Rod Stewart und einer der großen Favoriten von damals: Harpo, der eigentlich wie ein hochkant gestellter Schmalspurflokati aussah, aber eben den Traum besang, den alle hegten: »Moviestar.« Und dafür hing er über unserem Bett. Danke, *Bravo*!

## Digitaluhr

Digital. Das Wort klang wie Musik in unseren Ohren. Wie eine ferne Weise aus dem Weltall, die vom Hightech-Spacemaster persönlich kündete. Zukunft, wir sind bereit. Digital verabschiedete das altmodische Analog in den Ruhestand und weckte den Raumschiff-Chief mit Totaldurchblick in jedem von uns, besonders, wenn wir eine dieser ultimativ ersehnten, astmuffenreinen Digitaluhren am Arm trugen und kein lahmer Zeiger uns den vagen Zusammenhang zwischen der 3 und der 9 wies, sondern eine hochmoderne LED-Hochleistungsanzeige uns präzise informierte: 15:45:17. Ha! Genauer geht's nicht. Dass es nicht 3:45:17 in der Nacht ist, hätte der Analogschnarcher nicht gepeilt. Und nicht genug damit: Ein weiterer Druck auf den Pinökel oben rechts, und schon informierte mich dieses Wunderwerk über Tag und Datum, großartigerweise auf Englisch (Tu-3-14). Ein besseres Konfirmationsgeschenk gab es nicht. The world's at your command.

# Rechtschreibfibel, Zeigestock und Kaba-Brotschmausstulle

## Wie wir lesen lernten mit Hans, Suse und Rolf

Hinter einer großgepunkteten Glanzpappenschultüte mit weißer Borte und bordeauxrotem, beschleiftem Krepp erlebte ich meinen ersten Schultag. Ich steckte in einem gelb-weiß gemusterten Glockenkleid mit stark gepufften Ärmeln, meine Füße in Halbschuhen in vier verschiedenen Brauntönen, die Haare waren in zwei akkuraten Zöpfen verzwirbelt und zusätzlich mit Erdbeerspangen gebändigt. Derart hergerichtet, linste ich so gut es ging hinter dem mit Buntstiften, Knete, Donald-Duck-PEZ-Spenderbox, Kaugummikugeln und Kinderschokolade vollgestopften Ungetüm hervor und guckte mir die anderen Kinder an, während knallgelbe Verkehrswachtmützen an die Jungs (die meisten stakten in blauen Cordhosen oder mittelbraunen Samthosen unter weißen Nylonrollis und waren präzise gescheitelt) und orangefarbene Kopftücher an die Mädchen verteilt wurden, damit die Autofahrer uns i-Dötzchen ab sofort auf unseren Wegen besser sahen. Dazu trugen natürlich auch die Katzenkopfschließen der Schulranzen bei, die ein mattes Licht zurückwarfen, wenn ein Scheinwerfer im richtigen Winkel darauffiel. Ansonsten gab es nicht viel Schnickschnack an den Ranzen: Sie waren aus quietschfarbig beschichteter Hartpappe mit angestanzten schmalen, ungepolsterten Schulterriemen, die über dem Schlüsselbein einschnitten und deren bunte Beschichtung ab dem dritten Tag rissig wurde. Oder aus dickem Leder, orange, gelb oder knatschblau, mit angenähten schmalen, ungepolsterten Lederriemen, die vom Gewicht der Fibeln und Hefte bereits nach wenigen Wochen in die Länge gingen und noch schmaler wurden. Die neuen Modelle waren also keineswegs makellos, aber dennoch wurden die, die mit dem dunkelbraunen Tornister ihrer Altvorderen aufliefen, befremdet beäugt. Man war nun mal auf Kreischfarben gepolt.

Die Checker hatten Turnbeutel aus Polyester in Grün oder Orange oder Rot (die Mädchen mit psychedelischem Blumenmeer, die Jungs mit Fußbällen), mit Tunnelzug und langen Bändeln zum Umhängen. Die anderen stopften ihre Adidas-Frottee-Hotpants und die Turnschuhe (gern das kostengünstige Modell Allrounder) in irgendwelche Taschen oder gar von Oma zusammengenähte Gebilde aus ausrangierten nachkriegsgemusterten Kopfkissenbezügen – ein kreativer Kniff, den damals niemand zu würdigen wusste.

Großmama wischte sich eine Träne aus dem Augenwinkel (»Kinder, wie die Zeit vergeht!«), Vati klopfte mir ergriffen auf die Schulter und Mutti trat gerührt von einem Kork-Keilabsatz auf den anderen, als unsere neue Lehrerin, der altgediente Haudegen Frau Stölke-Neumeister, uns in unser Klassenzimmer führte. Dort roch es nach Bohnerwachs, die schweren braun-orangenen Vorhänge verdeckten das halbe Fenster und der Linoleumboden zeigte sich zwischen unzähligen Scharten und schwarzen Abriebstellen mittelgrau. Klobige kleine Holzstühle standen hinter dicken Tischplatten voller Tintenkleckse. Die dunkelgrüne Tafel war so schwer, dass selbst die Lehrerin sie so gut wie nie bewegte.

Die Kinder in der Lernfibel hießen Suse und Hans – Namen, die auch in den Siebzigern nicht mehr modern waren. Aber die Rollen waren klar verteilt: Hans fuhr verwegen Tretroller im Regen, Suse schob ihren Puppenwagen brav bei Sonnenschein durch den Vorgarten. Und der Hund hieß seltsamerweise Rolf. Der erste Satz lautete allerdings schlicht: »Tut, tut, tut, ein Auto«, erst später kamen spannende Geschichten wie: »Hans ruft Rolf. Rolf kommt nicht. Da kommt Rolf!« – Weltliteratur, wir wachsen heran!

Für die Mengenlehre gab es die Logischen Blöcke in Blau, Gelb und Rot. Uli, der Fehlerteufel, trieb sein Unwesen in der Rechtschreibfibel, wo er Buchstaben, Wörter und Satzzeichen klaute und verdrehte. Und wir Kinder mussten die Fehler entdecken und verbessern.

Was man uns angedeihen ließ, war strikter Frontalunterricht mit streng geregelten Pinkel- und Essenspausen. Moderne Pädagogik mit mehr Selbstverantwortung, positiver Motivation, sozialem Denken sowie weniger Strafen und Repressalien war bisher nur zu den jungen Kollegen durchgedrungen, die von den meisten Altgedienten als unruhestiftende Revoluzzer wahrgenommen wurden. Die meisten Älteren fürchteten daraufhin, Woodstock samt losen Sitten, Krachmusik und Kritik am Bewährten könne sich an ihrer kleinen mustergültigen Hubertus-Hotzinger-Grundschule in Krefeld-Fischeln wiederholen.

Frau Stölke-Neumeister arbeitete mit Vorliebe mit ihrem knapp 1 Meter 70 langen hölzernen Steigestock, der schätzungsweise zu Kaiser Wilhelms Jugendzeiten geschnitzt worden war und mit dem sie auf riesigen, vom jahrzehntelangen Gebrauch ganz rissigen, an wackeligen Ständern entrollten Karten umherzeigte und uns im Chor abspulen ließ, was dort an wichtigem Wissen abgebildet war, etwa die Tiere des Waldes und ihre försterlichen Fachbezeichnungen: »Bache … Ricke … Häsin … Fähe …«, schmetterten wir eifrig.
Geschrieben wurde mit blauer Tinte; Tintenkiller, die alle am großartigsten fanden, waren tabu, weil unsere ältliche Lehrerin, eine gefürchtete Autorität, das Geschmiere nicht mochte – eine ordentliche Heftgestaltung gehörte aber zu den vornehmsten Pflichten der Erstklässler. Direkt gefolgt von Betragen. Belobigt wurde mit soldatisch knappem »Sehr ordentlich!« oder »Fein!« sowie in besonderen Fällen mit ausgegebenen Fleißkärtchen. »Erst die Arbeit – dann das Spiel!« oder »Lohn des Fleißes« oder »Sehr zufrieden!« stand dort neben zierlichen Zeichnungen artiger Kinder zu lesen. Wer hingegen schwätzte oder seine Hausaufgaben nicht gemacht hatte, fing sich eine Sonderaufgabe ein. Wer gar frech wurde – und das war schnell mal der Fall in den Augen unserer gestrengen Pädagogin –, bekam es mit einer Strafaufgabe zu tun (50-mal den Satz: »Ich soll den Unterricht nicht stören«, oder: »Ich soll mich anständig aufführen«, schreiben) oder musste 10 Minuten mit dem Gesicht in die Ecke gewandt stehen, um über seine Verfehlungen nachzudenken. Hatte es jemand ganz arg getrieben (wie Holger Horstmann, der einen Schneeball durchs geöffnete Lehrerzimmerfenster geworfen und einen Stapel

frisch korrigierte Haushefte der 4a getroffen hatte), musste die ganze Klasse eine halbe Stunde nachsitzen und reuig über ihr (also Holgers) Verhalten nachdenken. Holger hatte wohl die Zeit zum Nachdenken nicht gereicht, jedenfalls schrie er am nächsten Tag Ulrike Feinschmidt, die knapp sieben Dioptrien und eine sehr dicke Brille hatte, an: »Glotz nich' immer so blöde!«, und warf ihre weiße Acrylstrickjacke mit Beerenapplikation in den Mülleimer, in dem schon ein paar halb ausgepackte Butterbrote lagen, die auf dem täglichen Tauschmarkt keinen Abnehmer gefunden hatten. Begehrt waren Salami, Kaba-Brotschmaus und hart gekochtes Ei. Laden- oder Müllhüter waren Margarine, Schmelzkäse und Vierfruchtmarmelade. Holgers erneute Entgleisung hatte dummerweise Herr Knopp beobachtet, der Hausmeister. Der liebte seinen Beruf eigentlich (er hegte die Hecken, ölte die Türen, bevor sie quietschten, und sprang hinzu, sobald es einem Blatt gefiel, vom Baum zu segeln) – wenn nur all die lärmenden, schmutzenden Kinder nicht gewesen wären. So hatten wir es mit einem übellaunigen Kerl im grauen Arbeitskittel zu tun, der jeden unserer Schritte mit Missfallen beäugte.

Aber ach, klein waren wir, unschuldig und noch vollkommen ahnungslos, was für Begegnungen und Erlebnisse das Leben uns noch bringen würde. Und die voranschreitenden Jahre deckten das gnädige Mäntelchen der Sentimentalität und Kindheitswehmut über Ricke, Rolf, Uli, Stölke-Neumeister und Knopp.

# »Gute Nacht, John Boy!«

## Familienserien

Was für Mütter waren das! So liebreizend wie das bestechende Leben, das sie führten! Diese ansehnlichen Frauen mit ihren gestärkten Schürzen und den schmalen Taillen und den properen Hochsteckfrisuren, die trotz redlicher und durchaus harter Arbeit immer anmutig aussahen, die trotz des entbehrungsreichen Alltags und ihrer bescheidenen Art ein Hauch Grace Kelly umschwebte: Olivia Walton (*Die Waltons*), Caroline Ingalls (*Unsere kleine Farm*), Ruth Martin (*Lassie*), Hop Sing (*Bonanza*) – äh, Verzeihung, der chinesische Koch von der Ponderosa-Ranch fiel eher durch seinen besonders akkurat geflochtenen Zopf auf.

War es nicht ein in zartbunten Farben schimmernder Strauß aus Sehnsüchten und Zivilisationsmüdigkeit, die uns vor die Fernseher trieben, wenn es wieder einmal Zeit war, in die Welt der Waltons, der kleinen Farm oder der Cartwrights einzutauchen? Blockhütte statt Reihenhaus, Collie statt Zierfisch, Bücherbündel statt Schulranzen, Carson City statt Krefeld. Man sägte sich jeden Balken noch selbst zurecht, das Brot war von der Großmutter eigenhändig gebacken und harmlose Dämchen wie Miss Mamie und Emily Baldwin brannten ihren verdammt guten und starken Whisky selbst. Ein Gläschen in Ehren von dem Gebräu zischelte die Kopfschmerzen weg, weit effektiver, schonender und dabei herzerwärmender als Togal (»Wir wissen nicht, was der freundliche Tankwart empfiehlt – aber wir empfehlen bei Kopfschmerzen: Togal!«) oder Gelonida.

Unsere Eltern waren in der Mehrzahl Anzugträger und quellekatalogausgestattete Hausfrauen. Oder – eine weitere große Gruppe – Spätachtundsechziger, die immer irgendeine (natürlich aller Ehren werte) Amnesty-International-Aktion planten oder mit Gleichgesinnten die Missstände des Systems besprachen und die Frage erörterten, wo und wie man am besten eine Waldorfschule selbst gründen könnte. Unsere Eltern waren entweder nie da oder die ganze Zeit. Unsere Eltern strengten uns oft an. Pa Ben Cartwright (Lorne Greene) wirkte wie eine Verhaltensoase: Kein Wort zu viel, aber umso mehr Gerechtigkeit und Menschlichkeit. Wenn geschossen wurde, dann immer aus gutem Grund, ohne lange Volksreden, weil irgendwer die Moral aber auch ganz schrecklich hatte vermissen lassen und man das Gute ja verteidigen musste.

Die harte Arbeit machte alle rechtschaffen müde. Für neurotische Anwandlungen hatte niemand Zeit. Auch nicht für familienentzweiende Anliegen wie Sonntagsspaziergänge oder Bundesgartenschaubesuche. Angst gab es nur im Augenblick der Gefahr, nicht aber noch Tage später, beim Einschlafen oder so. Nein, da ließ Olivia Walton einen Löffel Sirup springen (und damit waren alle glücklich – kein Gemaule von wegen Ich-möchte-aber-lieber-Tri-Top-Himbeere-statt-das-blöde-Mandarine) und dann sprach Jim-Bob noch ein paar

Worte mit seinem großen Bruder John-Boy und schon war alles wieder in bester Ordnung in den Blue Ridge Mountains Virginias.

Der Stress mit den Klamotten und Marken entfiel auch. Bis auf Mutti trugen eh alle geräumige Latzhosen in Bläulich-Grau oder Gräulich-Blau aus eigener Herstellung. Da kam kein Neid auf. Das Geld für die Winterstiefel sparte Olivia Walton in einem Marmeladenglas im Küchenschrank. Das bedeutete: Ein paar schwarze Botten für jeden, dessen Paar den letzten Winter nicht überstanden hatte, also auch kein Gedöns um Farbe, Machart, Modell.

Und da saßen wir neben der Freundin, deren Rolli strahlend weißer, neben dem Bruder, dessen Jeans cooler, und neben der Cousine, deren Sandale lackiger war. Und ein wenig Gelassenheit ging auf uns über.

# »Manni Bananenflanke, ich Kopf – Tor!«

## Sport und Fitness

»Die Gans war schuld!« Diese Ausrede bekommt man heute noch vom ehemaligen Fußballschiedsrichter Wolf-Dieter Ahlenfelder zur Antwort, wenn man ihn darauf anspricht, warum er denn 1975 die erste Halbzeit des Bundesliga-Spiels Werder Bremen gegen Hannover 96 bereits nach 32 Minuten abgepfiffen hätte. Mit einigen Bierchen und Malteser-Schnäpsen hatte Ahlenfelder vor Spielbeginn versucht, dem fetten Mittags-Gänsebraten Herr zu werden, bevor er dann (offensichtlich angetrunken) angetreten war, um die Begegnung zu pfeifen. Sicherlich – damals waren noch andere Zeiten. Die Spieler waren Amateure. Sie kamen aus dem Glasscherbenviertel München-Giesing, aus Freilassing oder Köln-Nippes und nicht aus Ghana oder Rio de Janeiro. Sie hatten exzessive Privatleben und betrieben hauptberuflich Nachtclubs, Getränkeläden oder Tankstellen. Ihre Trikots trugen erst seit Kurzem Werbeaufdrucke von alkoholischen Getränken und die Spielfelder glichen bisweilen aufgepflügten Rübenäckern. Schiedsrichter trugen ausschließlich schwarze Kleidung und sie bekamen für ein Spiel nicht 3 000 Euro, sondern lächerliche 24 D-Mark. Dafür waren die unparteiischen Saufkumpanen aus dem Vereinsheim auch mit jedem per Du, leidenschaftlich und angeblich auch unbestechlich. Trotzdem! Es war doch erst Ahlenfelders drittes Spiel in der Bundesliga! Alles egal – die wahren Fans hatten für derartig vertraute Schwächen ein großes Herz. Mit Sätzen wie: »Wir sind Männer und trinken keine Fanta«, hatte »Ahli« die fußballbegeisterte Männerwelt schnell auf seine Seite gebracht und bereits nach einer kurzen Pause setzte ihn der DFB wieder ein. Sein Pfeifstil wurde so legendär wie seine Wortwechsel auf dem Rasen. Paul Breitners Vorwurf: »Ahlenfelder, du pfeifst wie ein Arsch!«, soll er mit: »Paul, du spielst wie ein Arsch!«, gekontert haben. Damals war Fußball noch animalisch wild, extrem männlich behaart und gleichzeitig voller knabenhafter Hinterhofkicker-Leidenschaft. Carmen Thomas, die erste Frau, die im deutschen Fernsehen 1973 eine Sportsendung moderieren durfte, hat bestimmt gewusst, wie lange eine Halbzeit beim Fußball dauert. Bei ihr genügte jedoch der kleine Versprecher, aus Schalke 04 versehentlich Schalke 05 zu machen, um die rote Karte gezeigt zu bekommen. Ihr Kollege im *Aktuellen Sportstudio*, Arnim Basche, konnte statt der Offenbacher Kickers die »Kickenbacher Offers« anmoderieren und die Bundesvatis im Schiesser-Doppelripp vor den Fernsehgeräten lächelten milde über den Lapsus hinweg. Aber eine Frau, die Fußball kommentieren wollte und wahrscheinlich gar nicht mal wusste, was ein Abseits oder ein indirekter Freistoß ist – nö, bei aller Liebe und Begeisterung für Frauen und deren Kurven – dazu waren die Männer der wilden Siebziger beim besten Willen nicht bereit. Sportberichterstattung wurde schon immer von Männern, über Männer und für Männer gemacht und so sollte es bitte schön auch weiterhin bleiben. »*Zurück an den Kochtopf!*«, wurde gefordert und: »*Eine Frau, die mit 26 Jahren noch den eigenen Lebensunterhalt verdienen muss, das spricht doch für sich!*«, bekam Carmen Thomas zu hören. Die *Bild am Sonntag* mischte kräftig mit und redete ihren Lesern nach dem Maul. Bereits nach ihrer zweiten Moderation des *Aktuellen Sportstudios* hatte das Blatt mit »*Charme allein genügt nicht, Frau Thomas!*« getitelt. Der gnadenlose Verriss der Sendung vom Vortag war zwar peinlicherweise schon vor der Liveübertragung in der volksnahen Zeitung abgedruckt, aber trotzdem – die Menschen wollten zu gerne glauben, worüber da berichtet wurde und Carmen Thomas hatte keine Chance. Anderthalb Jahre nach der öffentlichen Forderung der *Bild* zurückzutreten, gab sie auf. Ihr Kollege Arnim Basche wurde übrigens schon bald nach seinem Versprecher Sendeleiter. Wolf-Dieter Ahlenfelder (»Junge, steh auf, die Rasenheizung ist nicht an«) wurde für die Saison 1983/84 vom DFB nicht zur »Goldenen Pfeife« erklärt, sondern als bester deutscher Schiedsrichter mit der »Goldenen Pfeife« ausgezeichnet. Wer heute in Bremen einen »Ahlenfelder« bestellt, bekommt immer noch ein Bier zusammen mit einem Malteser serviert. Und Carmen Thomas? Die schrieb später Bücher. Zum Beispiel über den sorglosen Umgang mit Leichen oder über das Gurgeln mit Eigenurin! Die Männer hatten den Kampf damals gewonnen! Erleichtert konnten sie wieder in ihre Fernsehsessel zurücksinken, die Füße hochlegen und sich ein Bier (oder gleich einen Ahlenfelder) bringen lassen. Sie säuselten ergriffen mit Franz Beckenbauer den alten Schmusehit

»Freunde darf man nicht trennen«, schmetterten 1974 mit ihren Jungs den WM-Song »Fußball ist unser Leben« und philosophierten in Männerrunden über die bedeutsame Nacht von Malente, die sie zu Weltmeistern gemachte hatte. Sie waren immer noch wer! Auch 20 Jahre nach dem Wunder von Bern. Zeckenfett und zufrieden thronten die Patronen auf der Familiencouch und schauten die *Sportschau*. Sie sahen Niki Lauda über den Nürburgring jagen, Muhammad Ali im Boxring kämpfen, Gerd Müller, den Bomber der Nation, über den Platz fegen. So sollten Männer sein, mit denen man sich identifizierte – mutig, schlagkräftig und stark! Deutsche Männer erfreuten sich am Tor des Monats und am schlüpfrigen Fußballballett und lauschten begeistert dem immer freundlichen Ernst Huberty und arbeiteten auf diese Weise erfolgreich an ihrem eigenen Übergewicht weiter. Bewegungsmangel, ungesunde Ernährung und maßloser Zigarettenkonsum hatten die Gesundheit der Wohlstandsbürger stark angegriffen. 1970 war deswegen vom Staat und den Krankenkassen die Kampagne »Trimm dich – durch Sport« gestartet worden, um die Menschen zu mehr Bewegung an frischer Luft zu motivieren. Sport war von den Otto Normalverbrauchern bislang immer mit Wettkampf, Stoppuhr, Messlatte, Trillerpfeife und Höchstleistung verbunden gewesen und von daher nur etwas für junge Leute. »Muckibuden« gab es nur vereinzelt für eitle Bürschchen, die vor allem schwere Gewichte stemmten und irgendwann so aussehen wollten wie Johnny Weissmüller. Das Maskottchen Trimmy vom Deutschen Sportbund mit dem sauber gescheitelten, dauergrinsenden Quadratschädel, dem makellos weißen Unterhemd und dem knappen roten Turnhöschen sollte nun Jung und Alt für gesundheitsfördernden Breiten- und Individualsport gewinnen. Er turnte im Fernsehen, grinste aus Zeitungsanzeigen, streckte seinen Spitze-Super-Klasse-Daumen zuversichtlich den dicken Passanten von Plakaten entgegen, warb für Trimm-Trab (Dauerlauf) und lockte mit Trimm-dich-Pfaden ganze Familien in Deutschlands Wälder. Und tatsächlich! Plötzlich galoppierten Armadas von Hausfrauen in engen Trainingsanzügen und Björn-Borg-Frottee-Stirnbändern über den stark federnden Waldboden, ließen hinter deutschen Eichen ihre üppigen Hüften kreisen, verharrten wild schnaubend vor Schildern im Wald, um die detaillierte Anleitung zur vorbildlichen Rumpfbeuge zu studieren, und bewunderten ihre feisten Ehemänner, die wie ein aufgeblasenes Trimmy-Maskottchen an glänzenden Edelstahlstangen hingen und versuchten, ihren knallroten Kopf über die Reckstange zu hieven, um dann mit einem unwürdigen Versuch eines Viertel-Eberhard-Gienger-Saltos vom Gerät zu gehen. Dicke Kinder balancierten auf Schwebebalken, die für sie in den Mischwald betoniert worden waren, obwohl zwei Meter weiter ein wunderbarer gefällter Baumstamm sich dafür ebenso prächtig angeboten hätte, und liefen – statt um Bäume – durch einen Eisenstangen-Parcours Slalom, um Trimmys Anweisung auf Stationsschild 12 Genüge zu tun. Die Olympiade 1972 in München trug entscheidend dazu bei, die Menschen für Fitness, Bewegung und andere Sportarten als passiven Fußball zu begeistern. Euphorisch verfolgten die Zuschauer den Weltrekordlauf der 4 100-Meter-Staffel der deutschen Damen, sie fieberten mit der dreifachen Olympiasiegerin Heide Rosendahl und bewunderten die üppige Achselbehaarung der 16-jährigen Überraschungssiegerin im Hochsprung, Ulrike Meyfarth. Langsam wurde ein neues Körperbewusstsein geweckt, das sich in den Siebzigern kontinuierlich steigerte und in den Achtzigern im Aerobicwahn gipfelte. Aus Trimm-Trabern waren Jogger geworden, Tausende Deutsche kratzten im neu erfundenen Umsteigeschwung über steinige Skipisten und versuchten Skistar »Gold-Rosi« (Mittermeier) nachzueifern und kletterten wie Yetispezialist Reinhold Messner durchs Gebirge. Wer sich's leisten konnte, spielte Tennis oder ging Windsurfen. Und Trimmy? Der wurde endlich erfolgreich durch Sexsymbol Jane Fonda ersetzt. Sie setzte nicht nur figurtechnisch neue Maßstäbe. Auch das Outfit war noch weit neckischer als die rote Turnhose des ausgedienten Maskottchens. Schwarze Stringtangas wurden nun über neonpinkfarbenen Leggings getragen, solariumgebräunte Brüste versuchten aus schimmernden Bustiers zu hüpfen und haarspraygefestigte Tina-Turner-Mähnen wurden mit Glitzerstirnbändern am Kopf gehalten. Statt: »Wiederholen Sie die Übung bitte acht Mal«, hieß es jetzt beim Workout: »Yeah, you got it! Eight more times!«, und alle zählten zur Kreischstimme der amerikanischen Barbiepuppe auf Englisch mit. Die fitnessbegeisterten Deutschen begannen sich in ihrem Körperwahn von Slimfast zu ernähren und ihr Essen wieder hochzuwürgen – wie ihr makellos jung gebliebenes Vorbild Jane. Alle Trends, die aus Amerika kamen, galten als fortschrittlich, modern und nachahmenswert. Böse Zungen behaupten ja, auch Trimmy wäre damals an Bulimie erkrankt und deswegen von der Bildfläche verschwunden. Die Trimm-dich-Pfade haben ihn jedenfalls überlebt. Nur heute heißen sie After-Work-Vital-Parcours! »After Work« hätte Trimmy wahrscheinlich noch als Aufforderung verstanden, den Hintern zu bewegen, und es wäre nicht ganz verkehrt gewesen. In diesem Sinne – auf geht's zum Hüftkreisen in deutsche Wälder!

# Im Reich der Lycrakobolde und Polyesterzwerge

## Kindermode

Unsere Klassenfotos aus Grundschulzeiten dokumentieren das Unfassbare! Erstens: Mädchen wie Jungs tragen ein und dieselbe Frisur und sehen mit dem Einheits-Topfhaarschnitt alle aus, als wären sie die zahlreichen Nachkommen von Prinz Eisenherz und Mireille Mathieu (»La Paloma ade … wer kann es je verstehen!«). Aber noch schlimmer ist Erkenntnis Numero zwo: Wir Kinder der wilden Siebziger haben uns damals im öffentlichen Raum augenscheinlich wie Pädophilenköder bewegt! Jungs trugen knappe Hotpants mit neckischen Kniestrümpfen zu hautengen, verführerisch schimmernden Polyacrylhemdchen. Die Mädchen waren mit Frotteehöschen in quietschigen Alarmfarben in die Schule geschickt worden, die unter Vollpolyesterhängerchen provokant hervorblitzten und die ihre Beine in voller Länge zur Geltung kommen ließen. Jeder zweite hatte einen Haustürschlüssel am selbst gehäkelten Luftmaschenband um den Hals hängen, um auf den ersten Blick klarzumachen: »Hallo! Ich bin ein Schlüsselkind. Ich gehe heute alleine nach Hause und werde den ganzen Nachmittag auf mich gestellt sein!« Wie wenig Gedanken machten sich die verantwortlichen Erziehungsberechtigten über das Erscheinungsbild ihrer Sprösslinge eigentlich? Ich spreche von denselben Eltern, die andererseits beim Anblick eines blanken Fa-Busens in der Fernsehwerbung erschrocken zusammenzuckten und ihre kleinen Kinder zwangen, an einem einsamen Badesee unter einer Frotteekabine die Badehose zu wechseln. Nun gut, eigentlich hatten wir keine Annäherungen zu fürchten, denn durch die vollsynthetischen Stoffschichten, die auf unseren Körpern übereinanderrieben, funktionierten wir Dralonzwerge wie Starkstromweidezäune. Übergriffe wären in jedem Fall von schmerzhaften elektrischen Entladungen begleitet gewesen, die den stärksten Bullen aus den Plateauschuhen gehoben hätten. Außerdem verfehlten ja auch unsere braun-orange-curry-farbenen Strickpullis mit den räumlichen Mustergrafiken ihre abschreckende Wirkung nicht, da sie selbst beim wohlwollendsten Betrachter akutes Augenflimmern und selbstzerstörerische Wahnvorstellungen hervorgerufen haben müssten. Abhauen wäre wiederum keine Möglichkeit gewesen, denn Clogs, Klapperlatschen, Lacksandalen mit Keilabsätzen und Kunstlederschuhe ohne die leiseste Idee von einem Fußbett machten eine schnelle Flucht zu Fuß undenkbar. Besuche im Schuhgeschäft lohnten sich wirklich nur, um sich ein Sammelheft von Lurchi und seinen unvergesslichen Freunden Hopps, Mäusepiep, Igelmann und Unkerich abzugreifen und vielleicht, um von der roten Elefantenrüsselrutsche zu rutschen, denn ein Paar der heiß begehrten Tigerboys, Schuhe, die angeblich einen Tigerkopfabdruck im Matsch hinterließen, blieben sowieso nur ein unerfüllter Kindheitstraum. Unsere Kleidung war nicht nur ungemütlich, sie war auch unpraktisch. Obwohl wir Kinder richtig viel draußen waren, gab es zu unserer Zeit keine Outdoorkleidung, keine Matschhosen, keine Goretexstiefel, keine wasserfesten Anoraks und keine Funktionsskiunterwäsche. Am allerungemütlichsten waren aber die Strickstrumpfhosen mit den unzähligen Stopflöchern an den Knien, die in vierter Geschwistergeneration aufgetragen werden mussten. Sämtliche Zehen der drei älteren Geschwister hatten sich schon einmal durch die Strumpfspitze gearbeitet und die gestopften Flickstellen drückten wie Fremdkörper in den Schuhen. Die verfilzten Wollschlangen mussten vor Gebrauch erst einmal in die richtige Länge gezogen werden. Vorwärmen an der Heizung machten sie ein wenig gefügiger, bevor man sie Zentimeter für Zentimeter vorsichtig an die Beine rubbelte. Wenn man sich dann endlich in die widerspenstigen, schrecklich kratzenden Strumpfbeine hineingequält hatte, hing der Schritt immer noch knapp über den Kniekehlen, während man den Hosenbund bereits bis unter die Kinnlade gezogen hatte, und den ganzen Tag wand sich die doppelköpfige Strumpfschlange um die Beine und gab alles, um wieder auf ihre ursprüngliche Körperlänge zusammenschnurren zu können. Überhaupt wurde man bei der Wahl der Klamotten gar nicht lange nach dem persönlichen Geschmack gefragt. Es wurde grundsätzlich aufgetragen, was schon seit Generationen im Kleiderschrank hing. Hosen, die zu kurz waren, wurden mit Borten immer wieder verlängert oder gleich als Hochwasserhosen getragen, löchrige Strickwaren wurden gestopft, Löcher in Jeans von Bügelflecken verdeckt. Sehr beliebt waren rote Kunstlederherzen, Äpfel, aus denen ein Wurm kroch, und Rolling-

Stones-Zungen. Hosen ohne Halt wurden kurzerhand mit Hosenträgern festgezurrt, Kommunionsanzüge ohne Rücksicht auf Größenunterschiede einfach weitervererbt. Voller Neid blickten wir zu den reichen Nachbarstöchtern hinüber, die mit der Mode gehen durften und vorne geknöpfte Wildlederröcke trugen oder Kiltminis mit überdimensionalen Sicherheitsnadeln, verwegene Gauchohosen, Piroschkablusen mit Trompetenärmeln, Patchwork-Boleros oder glitzernde Lurexpullunder, deren Strickbündchen bis unter die Achseln reichten. Statt Wollkopftüchern oder selbst gehäkelter Kaffeewärmermützen hatten die Mädchen Eskimo-Kunstpelzmützen auf, die vorne mit zwei Kordeln verknotet wurden, an deren Enden zwei Fellbommeln baumelten. Mein Gott, sahen die (leicht entflammbaren) Lycraschwestern umwerfend aus – und dann noch deren Bruder Erwin mit der Sturmfrisur auf seinem Bonanzafahrrad im Evel-Knievel-Outfit mit lässigen Cowboystiefeln, Stars-and Stripes-Muscleshirt und einem Jeansanzug mit Schlaghose, unter der ein Kleinkind hätte verschwinden können – am liebsten hätte ich damals meinen von Mutti genähten waldgrünen Lodenmantel mit den Knebelknöpfen samt dem peinlichen handgestrickten Wollkleid (trotz der Ölkrise) mit Benzin übergossen und angezündet!

# Freie Fahrt für lofotengrüne rasende Aschenbecher!

## Auto und Verkehr

Mitte der Sechziger flankierten Plakate die Straßen, die einen milde lächelnden Hans-Joachim Kulenkampff zeigten, der den Betrachtern drei Finger entgegenstreckte. Drei Finger wie ein E, mit dem man durch Windschutzscheiben hindurch »Entschuldigung« sagen konnte. Es handelte sich um eine neu entwickelte Geste für Autofahrer, die das dringende Bedürfnis verspürten, bei anderen Verkehrsteilnehmern für ihren individuellen Fahrstil um Verzeihung zu bitten. Ausgedacht hatte sich das Ganze die Zeitschrift *ADAC-Motorwelt*, um für ein freundlicheres Miteinander im Straßenverkehr zu werben. Überflüssig zu erwähnen, dass diese Kampagne nicht von Erfolg gekrönt war. Inzwischen ging es rau zu auf Deutschlands Straßen und die Verkehrsteilnehmer bedienten sich lieber altbewährter Drohgesten wie geschüttelter Fäuste und angetippter Stirnen. 1970 fuhr bereits jeder vierte Bundesbürger ein eigenes Auto. Damit hatte sich die Zahl der Autobesitzer gegenüber den letzten zehn Jahren mehr als verdoppelt. Das Straßennetz war jedoch nicht auf das rasant wachsende Verkehrsaufkommen ausgerichtet. Staus, Parkplatzmangel und

Stress waren die logische Folge. Die wahren Schuldigen für diese Misere waren allerdings schnell ausgemacht: Natürlich die Frauen! Weibliche Autofahrer seien vorsichtiger, weil ihnen die Routine fehle, und würden so den fließenden Verkehr behindern, versuchte die dreiminütige Ratgebersendung für Verkehrsteilnehmer *Der 7. Sinn* ihrem Fernsehpublikum zu erklären. Obendrein wären Frauen anfälliger für Fehlreaktionen und von daher auf besondere Rücksicht angewiesen. Eine weitere Folge riet den deutschen Männern deswegen, ihre Frauen zu Übungszwecken öfter ans Steuer zu lassen – freilich nicht zu Verkehrsspitzenzeiten! Vor allem sollte aber das Zurücksetzen geübt werden, weil sich Frauen angeblich beim Rückwärtsfahren oft rettungslos festfahren würden. Unangebracht sei es in jedem Falle zu schimpfen oder sich gar über die Frauen lustig zu machen, die von Natur aus nichts von Motoren und Technik verstünden! Dass die meisten tödlichen Unfälle damals (übrigens wie heute) durch männliche Selbstüberschätzung, nämlich zu schnelles Fahren und durch Alkoholeinfluss am Steuer, verursacht wurden, war keinen Sendebericht wert. Über 19 000 Verkehrstote lautete die traurige Bilanz im Jahr 1970. Auf Deutschlands Straßen gab es damals kein Tempolimit, keine Promillegrenze, keine Notrufsäulen, keine Helmpflicht für Motorradfahrer und keinen Bußgeldkatalog. In den Autos: keine Sicherheitsgurte, keine Kopfstützen oder Knautschzonen – das Wort »Airbag« oder »Antiblockiersystem« hätte damals kein Mensch buchstabieren können (was nicht etwa an dem hohen Opel-Manta-Aufkommen lag). Sicherheit, aber auch Ökonomie und Ökologie, schienen kein Thema zu sein. Wichtiger war den Autofahrern das neue

Gefühl von Luxus und grenzenloser Freiheit und vielleicht die technische Weiterentwicklung einer geruchfreien Heizung … So lange wurde der Muffgeruch, der aus den Lüftungsschlitzen drang, einfach weggequarzt. Rauchen, so machte es den Eindruck, war eine Voraussetzung, um zur Führerscheinprüfung zugelassen zu werden. Es gab pro Sitzplatz einen Aschenbecher und mindestens so viele Brandlöcher in den hitzeempfindlichen Kunststoffbezügen. Wie viele Menschen dann aber letztendlich in einem dieser Zigarettenanzünder auf Rädern transportiert wurden, dafür gab es natürlich keine Regeln und Gesetze. Da konnten schon mal ein paar Leute unter die Heckklappe gequetscht werden oder aus dem Schiebedachfenster herausragen. Kinder brauchten keine Kindersitze, die kullerten mit ihren Geschwistern im Fußraum übereinander oder machten es sich auf der Hutablage bequem. Das war ihnen auch nicht zu verdenken, denn man spürte auf der Rückbank nicht nur die darunter verlaufende Kardanwelle, sondern auch die harten Stahlfederkerne der Polsterung. Zudem klebte man im Sommer mit den Oberschenkeln derart an den Kunstledersitzen fest, dass man nach einer längeren Spazierfahrt von seinem Sitzplatz nur noch mit der Saugglocke hätte geholt werden können. Vorglühen, absaufen, einfrieren und rosten? Alles menschliche Verhaltensmuster, die man kritiklos in Kauf nahm.

Auch anschnallen – kein Thema! Die Einführung der Gurtpflicht – wobei bei Nichteinhaltung keinerlei Strafe vorgesehen war – auf den Autovordersitzen im Jahre 1976 war von großem Widerstand begleitet. Autofahrer fühlten sich mit Sicherheitsgurten an ihre »körpergerechten Kontursitze« gefesselt und weibliche Verkehrsteilnehmer hatten zudem Angst, dass ihre Brüste Schaden nehmen könnten. »Eine unnötige Sorge, wenn der Gurt richtig sitzt!«, versuchten zwar Mediziner in unserer Lieblingsverkehrssendung die Damen zu beruhigen, aber erst als das Fahren ohne Gurt acht Jahre später mit einem Bußgeld von 40 D-Mark belegt wurde, wirkte sich dies merklich auf das Anschnallverhalten der Autofahrer aus. Die vielen Verkehrsopfer und die kletternden Benzinpreise schreckten die Menschen Anfang der Siebziger nicht davon ab, noch mehr Autos zu kaufen. Der eigene Wagen war nicht mehr nur Fortbewegungsmittel, sondern auch Prestigeobjekt. Schnelligkeit und sportliches Aussehen wurden immer wichtiger. Familientaugliche Sportcoupés wie der Ford Capri, der Opel Manta oder der VW Scirocco mit langen Motorhauben und kurzem Fließheck lösten die Beamtenwagen, zum Beispiel den Audi 100 LS oder den Ford Granada, mit den umhäkelten Klopapierrollen auf der Hutablage ab. Ein Kühlergrill, der seine verchromten Zähne zwischen versenkbaren Doppelscheinwerfern fletschte, Rallyestreifen und Chromzierleisten gaben den Autos ein temperamentvolles Aussehen. Drehzahlmesser mit grünen Leuchtziffern und größenwahnsinnige Tachometer gehörten so selbstverständlich ins blasenwerfende, plastikholzfurnierte Cockpit wie das spindeldürre Drei-Speichen-Lenkrad und die magersüchtige Knüppelschaltung (statt der herkömmlichen Lenkradschaltung) in der Mittelkonsole. Die Trendfarben in Fernwehtönen machten klar, dass man mit seiner Rowdykutsche nicht in geheimer Mission unterwegs war: rallyegelbe, cliffgrüne, phönixrote, miamiblaue, coloradoorange oder gleich goldfarbene Geschosse waren angesagt,

gerne kombiniert mit schwarzen Motorhauben und Vinyldächern. Damals haftete diesen »Musclecars« nichts Proletiges an. Sie waren einfach moderne Fahrzeuge, die ihren Fahrern eine sportliche Fahrweise abverlangten. Da wurden selbst seriöse Familienväter zu Emerson (genannt Emmo) Fittipaldi! Den Angehörigen wurde so lange der wahnsinnige Abzug und die sichere Kurvenlage demonstriert, bis die Kinder, deren Gesichtsfarbe bereits an den lofotengrünen Außenlack der Familienschleuder erinnerte, ihrem »Vatipaldi« unaufgefordert vor die Füße legten, was sie heute schon alles zum Essen bekommen hatten. Da erwiesen sich die Kunstlederbezüge und die glatten Oberflächen ohne jeglichen Schnickschnack doch mal wieder als besonders familiengerecht und pflegeleicht. Schnell einmal durchgewischt, mit der Handkurbel alle Fenster runtergedreht, 'ne neue Fluppe an und – husch, die Waldfee – ging die Familienpartie munter weiter. Doch das Glück wurde getrübt:
Ende 1973 beherrschten Meldungen über die Ölkrise die deutschen Medien. Der Vietnamkrieg und die Watergate-Affäre verschwanden aus den Schlagzeilen. Die nachkriegsgeschädigten Deutschen bangten um ihre uneingeschränkte Mobilität und begannen kanisterweise Benzin zu hamstern. Willi Brandt sprach von der »schwersten Belastungsprobe seit dem Zweiten Weltkrieg«. Um Treibstoff einzusparen, ordnete die Regierung vier autofreie Sonntage und eine Höchstgeschwindigkeit von 100 Stundenkilometern auf Bundesstraßen und Autobahnen an. Eigentlich wollte man dieses Tempolimit längerfristig beibehalten, aber der ADAC wehrte sich entschieden gegen das unzumutbare Kriechtempo und forderte in einer Aufkleber-

aktion die »freie Fahrt für freie Bürger!«, wie sie bis heute auf deutschen Autobahnen uneingeschränkt gilt. Heute brausen wir in voll klimatisierten Autos mit beheizten Außenspiegeln, ergonomisch ausgerichteten Lendenwirbelstützen, automatisch vorgewärmten Sitzen, gekühltem Handschuhfach und Abstandsradar über Deutschlands Straßen. Der Bordcomputer weist uns auf den nächsten TÜV-Termin hin und berichtet uns vom derzeitigen Luftdruck in unseren Reifen. Keiner muss mehr kontrollieren, ob auch alle Mitfahrer am Reiseziel die Knöpfchen gedrückt haben, um die Türen zu verriegeln und ob auch alle Fenster wieder hochgekurbelt worden sind – aber bald kann auch kein Mensch mehr Karten lesen, weil man sich nur noch auf die fremde Stimme des Navigationssystems verlässt, um von A nach B zu kommen, und schon heute beherrscht niemand mehr die einzigartige Kunst, mit einem Drahtkleiderbügel den Türverriegelungsknopf hinter einer geschlossenen Scheibe hochzuziehen. Füttert uns eigentlich irgendwann ein in die Sonnenblende integrierter Roboter automatisch, wenn die im Sitz eingebaute Körperwaage nach neun Stunden Stau auf der A 8 einen plötzlichen Gewichtsverlust feststellt? Oder weist uns der Bordcomputer am Ende auch noch auf die aktuelle Füllmenge unserer Blase hin und legt uns dann eine elektronische Stimme nahe, in 25,71 Kilometern rechts ranzufahren, um auszutreten? Vielleicht sogar die besorgte Retrostimme unserer Mutter? Teuerste Autofreunde – es ist noch nicht lange her, da habt ihr euch nach Sonne und Mond gerichtet, seid auf feurigen Rössern durch endlose Wälder geritten, habt mit eigener Hände Kraft Räder und Fuhrwerke gezimmert – bewahrt euch ein Stück dieser Selbstständigkeit!

# »Bedienen Sie sich selbst!«

## Der Lebensmitteleinkauf, Herzstück des Alltags

Heute ist das Wort ja schon fast langweilig geworden oder man setzt beflissen einen angemessen problembewussten Gesichtsausdruck auf, wenn man es hört. Aber damals hatte es einen Klang von Verheißung, von zufriedener Gesellschaft, von Genuss, von genug: Konsum. Und dem wollte man frönen, ein wenig unvernünftig womöglich (»Wir lassen's uns aber wieder gut gehen!«), ein wenig ausschweifend gar (»Aber nur noch ein halbes Gläschen!«), recht fröhlich jedenfalls (»Ach was, Spaß muss sein!«). Samstagabends etwa, wenn die Klöpfels die Munzingers und die Raspelbergers zu sich in die Doppelhaushälfte einluden. Aus heutiger Sicht war das ja geradezu rührend: Wenn Erwachsene am großzügig besteckten Käseigel zupften (»Ist das Gouda?«), in einer geschnittenen Ananas schwelgten (sich dabei gegenseitig empfahlen, doch einmal eine Mango zu probieren), einen Asbach Uralt im Cognacschwenker kennerhaft als das Nonplusultra der edlen Tropfen genossen und dabei insgeheim (denn über Wohlstand sprach man ja nicht laut) frohlockten: »Hach, wie schön haben wir's.«

Es gab mehrere Möglichkeiten, die nötigen Güter und Waren im Siebzigerjahre-Alltag zu erstehen: Man konnte etwa in einen der inzwischen etablierten Supermärkte gehen. Allkauf, Aldi, Selgros, Marktkauf und Real boten ihre Waren in hallenartigen Läden an und setzten längst Milliarden um. (Der erste Supermarkt – für heutige Verhältnisse wohl ein kuscheliges Lädelchen – war bereits in der Nachkriegszeit in Osnabrück eröffnet worden, hatte aber wenige Monate später wieder zugemacht, da die Hausfrauen die persönliche Tante-Emma-Ansprache und ihnen bekannte Produkte bevorzugten, anstatt zwischen endlosen – damals hüfthohen – Regalen umherzuirren, eine verwirrende Auswahl zu haben und getreu den überall aufgehängten Schildern »Bedienen Sie sich selbst!« den Korb vollzuladen. Das erzählte meine Großmutter nicht ohne Genugtuung, als wäre den Hausfrauen eine Revolution geglückt. Erst in den Fünfzigerjahren organisierte die Edeka-Kette sich mit eigenen Fruchtkontoren und bot Neuerungen wie vorverpackte Kartoffeln in bedruckten braunen Tüten an. Da griffen sie dann allmählich eben doch zu.) Die großen Discounter waren praktisch, das fanden unsere Mütter auch, aber irgendwie auch schmuddelig, klebrig, unzuverlässig, und so richtig wohl fühlen sie sich dort bis heute nicht.

Um die Zutaten für unser nächstes Schulbrot zu kaufen, entschieden sie sich oft für einen der übersichtlichen Lebensmittelhändler um die Ecke. Der war größer und besser sortiert als ein Tante-Emma-Laden, wenngleich »Lebensmittel Karrer« oder »Feinkost Schulze« nicht gerade ein beständiger Quell der Frische und der Vielfalt waren. Dafür familiär im Wortsinne: Die ganze Familie Karrer war auf den voll gestellten

70 Quadratmetern beschäftigt: Tochter Sigrid bediente an der Wurst- und Käsetheke, Sohn Jürgen räumte die Regale ein, Vater Peter führte Buch und regelte alles mit den Lieferanten, Mutter Helga saß von früh bis spät an der Kasse und Opa Paul, obwohl bereits jenseits der 75, schleppte Getränkekisten eine schmale Treppe ins Lager hinunter, um sie kurz darauf wieder hinaufzuschleppen, wenn jemand eine Kiste Bluna-Limonade oder Gerolsteiner Sprudel mitnehmen wollte.

Da zog man los, mit Einkaufsnetz in Häkeloptik, um die leicht angewelkten Lauchstangen, die schlappen Möhren, die bedenklich biegsame Salatgurke und das einsame letzte Kastenbrot zu inspizieren – und war zunächst einmal froh, wenn die Karrers den Laden überhaupt geöffnet hatten. Denn Ladenschluss war spätestens um 18 Uhr 30 und samstags um 12 Uhr 30. Und Mittwochnachmittag war eh Zapfenstreich, komme, was da wolle.

Immerhin konnte man sich den Einkaufswagen noch einfach so nehmen und musste keine Münze parat haben. Dafür konnte es passieren, dass Frau Karrer mit einer Stimme, die keinen Widerspruch duldete, in breitem Schwäbisch anordnete: »Stellscht mal die Einkaufswägge zusamme – kriegscht au a Bombo.« Da man sich an den Wagen eben einfach bedienen konnte, ließen selbst wohlerzogene Bürger, die normalhin wussten, wie man sich benimmt, ihre »Wägge« stehen, wo's ihnen gerade passte. Wir Kinder hatten natürlich keine Lust auf den mit einem glitschigen Billigbonbon schlecht bezahlten Job, wagten aber auch nicht zu widersprechen, denn das tat man Erwachsenen gegenüber ja nicht so ohne Weiteres, und zerrten also die »Wägge« aus allen Ecken und vom Bürgersteig herbei.

Die Auswahl innerhalb der einzelnen Warengruppen nimmt sich in der Rückschau eher bescheiden aus. Die Präsentation ebenso: Keine großen bunten Pappaufsteller oder anderes Marketing-Tamtam. Der Karton mit den Wrigley's Spearmint lag einfach offen im Regal. Daneben Double Mint und Juicy Fruit. Und fertig war das Gartenhäuschen. Wer wollte, konnte halt zugreifen. Die anderen ließen es bleiben.
Auf der Ware beppten noch in allen Läden an jedem einzelnen Stück Preisetiketten, meistens in Weiß oder Orange, und oft waren sie dreigeteilt, damit man sie nicht leicht austauschen konnte. Ein wesentlicher Teil der Arbeitszeit der Verkäufer ging mit Auszeichnen drauf: Einige standen immer mit den dicken schwarzen Etikettiergeräten zwischen den Regalreihen und nahmen jede einzelne Packung in die Hand, um ein »0,59 DM« oder ein »2,39 DM« draufzuhauen. Später an der Kasse entfiel zwar das nervtötende Piepsen der Lesegräte, das uns heute auf Schritt und Tritt verfolgt, aber jeder einzelne Preis musste über Tasten eingegeben werden. Manche Kassiererinnen vollbrachten wahre Geschwindigkeitsorgien beim Abarbeiten der Warenstrecke auf dem Laufband.
Wir Kinder konsumierten auch sehr gern: Mit einem Groschen in der Faust zogen wir los, um Mainzelmännchen-Sammelbilder oder Esspapier oder Bazooka-Kaugummi zu erstehen. An guten Tagen hatten wir so viel, dass es auch noch für ein Berry oder Jolli von der Langnese-Eistafel reichte. Und wenn es besonders gut lief, ließ Mutti einen Ritt auf dem Pferd vor dem Geschäft springen. Die Dinger – Hubschrauber, Flugzeuge, Feuerwehrwagen und Elefanten – standen ja fast überall, vor dem Fotoladen, vor dem Bastel- und Heimwerkergeschäft, vor

dem Feinkostparadies und sogar vor den Reformhäusern. Dicke schwarze Kabel und biskuitrollengroße Verbindungsstecker zum Verlängerungskabel wanden sich unter den Schaufenstern über den Bürgersteig und stellten beim Auf- und Absteigen keine unerhebliche Stolperfalle dar. Wenn Mutti mal keinen Fünfziger hergab, griff Plan B: Wir kündigten an, draußen warten zu wollen, nahmen dann im Cockpit oder auf dem Sattel Platz und warfen herzerweichende Blicke in Richtung der Passanten: Ach, seht nur, so niedliche Mädchen, die so gern eine Runde rumwackeln würden, aber ach, die Unbill des Lebens hat ihnen den Fünfziger verwehrt, dessen sie so dringend bedürften, um sich ihren Herzenswunsch zu erfüllen. Es gab immer eine alte Dame, die gerührt stehen blieb und in ihrer Handtasche nach Kleingeld kramte. Ha!
Übrigens: Wer – niedliche Mädchen waren hierbei klar im Vorteil – diese Technik, die Leute per Augenaufschlag für sich zu gewinnen, beizeiten übte und schließlich perfekt beherrschte, hatte später grandiose Vorteile: Weil es dann ungleich leichter fiel, von Vati den Audi 80 Sportcoupé für eine Spritztour zu bekommen, von Mutti die Daunenweste, von Oma eine Closed-Jeans und vom Lehrer keine Strafarbeit für die zum soundsovielsten Male vergessenen Hausaufgaben.

# Zerplatzte Träume

## Kein Leben als Frau Cartwright

Meine Kindheit endete an dem Tag, an dem ich erfuhr, dass Little Joe Michael Landon hieß.

Und nicht genug damit: Er war auch nicht mehr der blutjunge Kerl wie Little Joe, sondern greisenhafter Fastvierziger, verheiratet und Vater von mindestens vier Kindern. Ich war zehn und bis eben finster entschlossen, Little Joe, den Mann meiner Träume, zu heiraten. Da mir bis dahin noch nicht eingefallen war, wie ich meinen zukünftigen Gatten kennenlernen und von meiner Existenz informieren sollte, betete ich jeden Abend zum lieben Gott, er solle das irgendwie möglich machen. Aber nun: Aus der Traum.

Ein ganzer Lebensentwurf hatte sich brutal erledigt. Ohne Vorwarnung.

Keinen Trost, aber Verständnis bekam ich von einer Freundin, deren Desillusionierung noch nicht lange zurücklag: Wütend, gar verzweifelt hatte sie Poster von ihrem Idol und zukünftigen Gatten Winnetou von der Wand gerissen, nachdem sie erfahren hatte, dass Winnetou keineswegs ein edler Apache, Häuptling gar!, war, sondern ein Franzose: Pierre Brice, der im Übrigen auch bereits arg in die Jahre gekommen war, jen-

seits der 40, und die ersten grauen Strähnen verbarg er bereits unter der rabenschwarzen Indianerperücke.
Überhaupt, diese niederschmetternde, nach dem Muff der Vergänglichkeit riechende Erkenntnis, dass das, was man glühend verehrt, was man sehnlichst Woche für Woche zur selben Zeit im Fernsehen erwartet, was man als Begegnung, als Bereicherung, als Großartigkeit empfindet – nichts ist als eine schnöde, von etlichen Generationen immer wieder aufgewärmte Konserve.
Heijeijei, können Kindheiten auch mehrmals enden?
John Boy Walton, dieser sanfte Traum von einem jungen Mann, der die Latzhose zum Schmusestück machte: Vorzeigebruder, Paradesohn, Lieblingsenkel, mutig, mitfühlend, männlich – aber in Wirklichkeit schreibt er Gedichte und muss sich um die Drillinge kümmern, die er mit einer gewissen Alma Gonzales bekommen hat.
Ja, wen gab es denn überhaupt noch?
Charles Phillip Ingalls, das Familienoberhaupt auf »unserer kleinen Farm« – so klug waren wir inzwischen –, war ja Michael Landon, wie gesagt: ein ältlicher Typ mit immer mal wechselnden Frauen und diversen Kindern. Also so was von vergeben und anderweitig beschäftigt.
Ab wann ist ein Mädchen alt genug für Torschlusspanik? Wer würde mir bleiben? Wer mich nehmen?
Würde ich am Ende darüber nachdenken müssen, Ilja Richters Frau zu werden?

# Daheim: »Kraft in den Teller – Knorr auf den Tisch«, und draußen: nur Kännchen

## Essen und Ernährung

Dicke Braten in schweren Mehlschwitzesoßen mit kalorienreichen Beilagen bestimmten noch lange nach der Nachkriegsfresswelle den deutschen Speiseplan. Das Bratfett spritzte, die deutsche Butter floss in Strömen, kein Mensch zählte Kalorien oder ernährte sich bewusst und gesund. Der erste Drehscheibenkoch (1967–1973), Ulrich Klever, war Journalist. Sein Spezialgebiet eigentlich: die Hundehaltung. Aber die Zuschauer vertrauten ihm und kochten zu Hause aus seinem Kochbuch *Eisbein, Eisbein über alles* begeistert seine deftigen Hausmannskostrezepte nach. Zum Essen ging man damals noch lieber in jugoslawische Restaurants. Üppige Balkan-Grillteller und fette Cevapcici mit Ayvar zog man der leichten mediterranen Küche italienischer Ristorante eindeutig vor. In Deutschlands Wirtshäusern mit gutbürgerlicher Küche bestanden Beilagensalate bis weit in die Achtzigerjahre hinein aus einem Schlag Kartoffelsalat, drei Rote-Rüben- und Selleriescheiben sowie Karottenstiften aus dem Glas. Das Knackigste am bunten Salatteller war das Kopfsalatblatt, das zusammen mit dem wässrigen Tomatensechzehntel, nur für Dekozwecke, extra aus den Niederlanden angereist war. Der deutsche Durchschnittsmann verweigerte gesunde, vitaminreiche Kost dezidiert. Mein Großvater pflegte zu sagen: »Wenn Gott gewollt hätte, dass er rohes Gemüse essen sollte, dann wäre er als Kanickel auf die Welt gekommen«, und aus diesem einleuchtenden Grund gab es auch für keinen anderen seiner zahlreichen Nachkommen Rohkost. Nach entbehrungsreichen Jahren musste ein fetttriefendes Stück Fleisch über den Tellerrand hängen, basta! Vegetarische Gerichte wurden gar nicht erst als vollwertige Mahlzeit akzeptiert. Wenn Gemüse, dann als geduldete Beilage in Form von Rosenkohl, Wirsing oder Bohnen – natürlich nur mit in Butter gewendeten Speckwürfeln darüber. Paprika war ganz neu, unverkocht blieb er lange Zeit unentdeckt. Er tauchte in der deutschen Küche nur dann auf, wenn er satt mit etwa 400 Gramm Gehacktem pro Schote ausgestopft war wie sein geschätzter deutscher Kollege, die gute alte Kohlroulade. Andere südländische Gemüsesorten wie Zucchinis, Auberginen oder Brokkoli waren in den Siebzigern noch weitgehend unbekannt und dementsprechend schwer zu bekommen. Ähnlich verhielt es sich mit nichtheimischen Obstsorten. Die Kiwi wurde den deutschen Verbrauchern zwar schon 1971 auf der Allgemeinen Nahrungs- und Genussmittelausstellung Anuga in Köln als chinesische Stachelbeere präsentiert, es dauerte allerdings bis in die Achtzigerjahre, bis der erste Profikoch im deutschen Fernsehen, Max Inzinger, (»Ich hab da schon mal was vorbereitet«) den deutschen Zuschauern verriet, wie man die Frucht aus ihrer pelzigen Hülle befreien und dann essen kann. Fruchtiger Nachtisch bedeutete Kompott, Apfelmus oder Fruchtsalat aus der Dose. Die deutschen Hausfrauen waren verdorben. Schon in den Fünfzigerjahren waren sie in der ersten Kochsendung der deutschen Fernsehgeschichte »Bitte, in zehn Minuten zu Tisch« vom Schauspieler und Erfinder des Hawaii-Toasts, Clemens Wilmenrod, (»Ihr lieben, goldigen Menschen»), dazu verleitet worden, für ihre Lieben, ohne großen Aufwand, mit Dosengemüse und Ketchup schnelle Gerichte zu zaubern. Instantsuppen, Fertigsoßen und Dosenravioli hatten seitdem in Deutschlands Einbauküchen Einzug gehalten und Remoulade wurde zu einem Grundnahrungsmittel. Die erste Tiefkühlpizza kam dann 1970 auf den deutschen Markt: »Pizza alla Romana« von Dr. Oetker. Für die Deutschen natürlich dick mit Wurst belegt! Und nur ein Jahr später gab es dann endlich auch den ersten McDonald's auf deutschem Boden.

Wer aber seinen Gästen einmal etwas richtig Besonderes anbieten wollte, der kochte französisch: Ragout fin in Fertigblätterteig, gebackener Camembert oder Cordon bleu. Ganz modern wurden Fondue (natürlich mit heißem Fett) und Raclette mit Silberzwiebeln und Senfgürkchen und die überbackene französische Zwiebelsuppe (von Maggi).

Heute absolut Kult sind jedoch die Gerichte aus dem Partykeller – im neuen Jahrtausend natürlich in Bioqualität!

## Folgende Speisen und Getränke sollten auf ihrer Siebziger-Retroparty nicht fehlen:

Herzhaftes:

- Russische Eier – (hart gekochte Eierhälften mit einem Klecks Remoulade und Kaviar)
- Käseigel – (Melonenhälfte mit Käse-Trauben-Spießen bespickt)
- Fliegenpilze – (remouladenbetupfte Tomatenhälfte als Pilzkappe auf hartgekochten Eierstielen in krauser Petersilienwiese)
- Krabbencocktail – (Krabben und Dosenmandarinen in Remoulade-, Ketchup-, Sherrysoße auf Salatblatt)
- Mettigel – (mit Salzstangen gespickter Igel aus Mett und fein gehackten Zwiebeln, mit Olivenaugen und Tomatenschnauze, in klein gehacktem Schnittlauchbett)
- Spargelröllchen – (Spargel aus dem Glas, in Kochschinken gewickelt)

Süßes:

- Kalter Hund – (kastenförmiger Schichtkuchen aus Keksen und Schokolade)
- Slime – (grüne Götterspeise in ausgehöhlten Orangenhälften)
- Floridabecher – (Gläser gefüllt mit Schokopudding, Eierlikörhaube mit einer Cocktailkirsche verziert)

Getränke:

- Eierlikörflip – (Eierlikör mit Bluna)
- Ananasbowle – (aus Dosenananas, Moselwein und Sekt)
- Kullerpfirsich – (reifer, rundherum eingestochener Pfirsich im Sektkelch)
- Asbach-Cola – (Natürlich nur mit Afri-Cola!)
- Caprisonne – (Orange und Kirsche)
- Tri Top – (der Sirup in der lavalampenähnlichen Flasche ist wieder da!)
- Kosakenkaffee – (Mokka mit Zucker, Rotwein und Wodka veredelt – »Komm, Brrridärrchen, trrrink!«)

Logo! Erdnussflips, Paprikachips und Salzstangen sind selbstverständlich!

# Und dann hatten wir den Bandsalat …

## Aufnahmetechniken und Kassettenrekorder

In den Siebzigern wurden Kassettenrekorder populär – eine technische Sensation! Endlich konnte man kostengünstig die Titel seiner Lieblingsinterpreten mitschneiden. Kein Mensch kam auf die Idee, diese wild zusammengestückelten Aufnahmen in übelst rauschender Qualität illegale Raubkopien zu nennen. Ein Rauschunterdrückungssystem war damals gänzlich unbekannt, fern jeglicher Vorstellungskraft außerdem, und wäre von uns wahrscheinlich eher als Synonym für einen Kasten Mineralwasser verstanden worden.

Die ersten Kassettenrekorder waren flach mit riesigen Tasten an der Vorderkante in den Grundfunktionen: Aufnahme, Stop(p), Wiedergabe, Vor- und Zurückspulen (Pause gab es erst später). Sie sahen aus wie überdimensionierte Diktiergeräte und als solche waren sie auch ursprünglich gedacht. Um Aufnahmen machen zu können, benötigte man zudem ein Mikrofon, das mit einem Kabel an den Rekorder angesteckt wurde. Nachdem im Radio damals zwischen den Wasserstandsmeldungen überwiegend Heintje oder Instrumentaltitel von James Last gespielt wurden, nahmen wir die richtig coole

Discomusik erst mal direkt vom Fernseher auf. Alle Familienmitglieder wurden dann zur absoluten Ruhe verdonnert. Wehe dem, der während der *disco* mit Ilja Richter einfach ins Wohnzimmer polterte. Auf dem Sofa durfte nicht mehr »Hallo Ilja!« mitgegrölt werden, Hops-, Klatsch- und Hüstelverbot waren (nicht nur während der Aufnahme) selbstverständlich. Daumen und Zeigefinger der rechten Hand ultimativ über der irrsinnig weit auseinanderliegenden orangefarbenen Aufnahme- und der Wiedergabetaste gespreizt, lauerte man in angespannter Erregung auf den richtigen Einsatz. Ein Tonassistent saß direkt vor der Flimmerkiste und hielt das Mikro bereit. Es dauerte einige grasgrüne BASF-Kassetten lang, bis wir Kinder schnallten, dass man das Mikro gar nicht vor den Mund des Interpreten auf der Mattscheibe halten musste, sondern vor den Lautsprecher des Fernsehgerätes. An der Aufnahmequalität änderte das zwar nicht wirklich etwas, aber die regungslosen Zuschauer auf der Familiencouch hatten seit dieser Erkenntnis optisch wieder etwas mehr vom Fernsehabend.

Die Inlets der unbeschreiblich wertvollen Mischkassetten wurden dann in schnörkeligster Schrift in verschiedenen Farben liebevoll beschriftet. Da stand dann so etwas wie: »1. Bonni M/ Däddikuhl« oder »2. ABBA/Wulläwu« oder was man sonst meinte verstanden zu haben, verziert mit Herzchen und Blümchen im Flechtmusterrand.

Und dann gab es irgendwann Überspielkabel und sogar Radiorekorder! Was sollte jetzt noch an Neuerung kommen? Die Vision eines MP3-Players? … Science-Fiction pur! Die technischen Möglichkeiten in Sachen Aufnahmetechnik schienen für immer und ewig ausgereizt. Endlich konnte man sich innerhalb der Familie auch zu Aufnahmezeiten wieder frei bewegen, mittanzen und -grölen! Außerdem gab es jetzt die dritten Programme im Radio, die meist coole Musik spielten. (Da habe ich sogar meine Mutter mal den Kühlschrank mit dem Hintern zumachen sehen.) Mit Einsetzen der Dämmerung wurde es für uns Titeljäger erst richtig interessant. *Pop nach acht* mit Thomas Gottschalk auf Bayern 3 wurde zum sehnlichst erwarteten Höhepunkt des Tages. Alles war bestens vorbereitet: Die Aufnahmezeit der Kassette war optimal ausgereizt, der durchsichtige Anfangsteil des Tonbandes mithilfe eines Kugelschreibers so weit nach vorne gespult, bis das dunkle Magnetband unmittelbar vor dem Aufnahmekopf lag. Was geblieben war, war die angespannte Haltung vor dem Rekorder mit der allzeit bereiten Aufnahmehand über den Tasten. Stundenlanges geduldiges Ansitzen wie im Bockfieber und Warten, was denn so durch den Liederwald daherkäme. Der schon damals ständig quatschende Moderator erschwerte die erfolgreiche Jagd. Plötzlich – was kam da? Schnelles Ansprechen und gezieltes Abdrücken. Halali und Horrido! – bei jedem geglückten Zufallstreffer. Aber welche Enttäuschung, wenn man doch wieder einen Schlager statt eines Discotitels im Streifschuss erwischt hatte. Schnell auf Stopp, Zurückspulen, zu weit, wieder vor, wieder ein Stück zurück, neuer Versuch und wieder von vorn, alles ohne Zählwerk, bis man wieder die richtige Aufnahmestelle gefunden hatte. Oft entstanden auf diese Weise seltsame Liedübergänge mit abgewürgten Ansagerstimmen zwischen eigenartigen Klangfetzen. Egal! Die handbeschrifteten Mischkassetten waren unsere zweiten Ichs. Sie spiegelten unsere Emotionen und Sehnsüchte. Es gab sie als Kuschelrock-Sampler der ersten Stunde oder als Dance-Mix für wilde Partys. Sie liefen ständig und überall zu Hause, im Auto und ab 1979 auch im Sony-Walkman. Sie wurden unzählige Male umgedreht und zu Tode gespult, zerknittertes Magnetband geglättet, vollkommen zerstörte Bandstücke ausgeschnitten und mit Tesafilm geflickt, bis man das gute Stück irgendwann komplett aus dem Kassettenfach freischneiden musste. Mischkassetten wurden zu Liebesbriefen unserer Generation. Da steckte wochenlanges Gefrickel und wahres Herzblut drin. Titel und deren Reihenfolge wollten genau ausgesucht und überlegt sein. Wie konnte man seine Bindungsbereitschaft romantischer zeigen? Und heute? Selbst die sogenannten Kassettenkinder, die in den Neunzigern mit Töröóö und einem abwischbaren rot-gelb-grünen Fisher-Price-Kassettenrekorder mit Karaoke-Applaustaste auf die Welt gekommen sind, brennen heute lieber CDs und schicken Liebesgrüße per SMS-Kürzel.

Wer hätte das vor 15 Jahren für möglich gehalten? Und übrigens: Das Wort »Bandsalat« wurde doch tatsächlich bereits im Jahr 2006 in die Liste der vom Aussterben bedrohten Wörter aufgenommen!

# Geknautscht, gelackt, gerüscht, gemustert

## Der legendäre Look der Erwachsenen

Ist das wirklich Mutti? Oder haben wir damals mit einem durchgetickten bunten Alien zusammengelebt, ohne es zu merken? Sahen wir vielleicht selbst so aus?
Wenn man sich die Fotoalben aus den Siebzigern ansieht, kann man wahrlich nicht ganz sicher sein. Dabei sind die Bilder ja nicht mal in Farbe! Die muss man sich aus der Erinnerung dazudenken – aber sie sind sofort voll und ganz wieder da, als hätte sich uns dieser einigermaßen unglaubliche Anblick erst gestern geboten. Etwa Mutti mitten im Wald an etwas Großes gelehnt (könnte der Stamm einer Eiche sein). Auf einem unserer Sonntagsausflüge mit Familie Knotzmann lacht sie breit unter lindgrünem Lidschatten und hinter hellrosa Lippenstift hervor, angetan mit einem warnroten Lackblouson über einer segelkragendominierten (aber bügelfreier) Acrylhemdbluse mit einem Strickovertop und einer beschleiften Indigo-Jeansweste zu einer Jeansrundhose, in deren Bein man locker mindestens einen Pygmäenhochsitz hätte verstecken können (das Hosenmodell besaß sie auch als Augenschocker in kanariengelbem Samt).

Der Herr neben der umgestürzten Birke ist Hans-Jürgen Knotzmann – unverkennbar mit seinem Oberlippenbart à la Cat Stevens und der wallenden Günter-Netzer-Haupthaarmatte –, modern zurechtgemacht mit einem taillierten Madras-Karo-Hemd (kniff fies unter den Achseln) in Bleu-Weiß-Orange unter saharabeiger Freizeitjacke. Seine Cordhose war derart glockig, dass er gelegentlich vorne in den Saum trat. Bedauernswert war, dass man darunter seine neuen, modisch beabsatzten, italienischen Lederhalbschuhe in vier (!) verschiedenen Mittelbrauntönen (Rost, Bernstein, Madrascurry und Sienarot, wie er stolz erzählte) kaum je zu Gesicht bekam. Die Dame auf der urigen Naturholzbank vor dem Wildschweingehege ist Margot Knotzmann. Karierter Hosenanzug in diversen – in einem psychedelisch abgewandelten Hahnentrittmuster – kombinierten Ockertönen und eine große runde Sonnenbrille lässig ins ondulierte Haar gesteckt.
Vati sah dagegen eher unscheinbar, aber äußerst vertrauenswürdig aus, wie er da im Der-Kommissar-Look mit brav gegürteltem steingrauen Trench (der den Blick freigab auf ein sehr ordentliches, sehr faltenfreies hellblaues Diolen-Hemd mit rostfarbener Krawatte) und dunkelbrauner Gabardinehose im Wald rumsteht und Eicheln aufsammelt, die wir Kinder dann den Schwarzkitteln in die Suhle geworfen haben.
Mit Margot Knotzmann und ihrer gemeinsamen Freundin Gisela Leberecht ist Mutti gelegentlich in die Stadt gefahren, um in diesen ganzen neuen Boutiquen herumzustöbern. Boutiquen waren zu Beginn der Siebziger der neue Superhit, der aus simplen Läden und Geschäften Haute-Couture-Oasen und Accessoire-Paradiese von Weltflair machte, ob in Wesel-

Büderich oder Saarlouis-Lisdorf. Die neue Boutique-Szene spiegelte das veränderte Modebewusstsein: Die gesellschaftlichen Befreiungsaktionen der Sechziger hatten gewirkt, Kleidung signalisierte nicht mehr vor allem Ordnung, Gesellschaftsstand und moralische Unbedenklichkeit, sondern durfte auch frech, frivol, knapp, bunt, sexy und spaßig sein. Wer es sich leisten konnte, griff zu Valentino, Pierre Balmain, Sonia Rykiel, Thierry Mugler, Nina Ricci, Guy Laroche, Jean Patou, Emanuel Ungaro, Yves Saint Laurent oder Pierre Cardin. Die erstarkten Bundesbürger(innen) gaben viel Geld aus in diesen Boutiquen, zelebrierten die gewachsene weibliche – wenngleich freilich immer noch in den (mittlerweile immerhin knatschlackledernen) Kinderschuhen steckende – Unabhängigkeit und erstanden wild gemusterte Tücher, Baskenmützen, auffälligen Modeschmuck, Plateaustiefel, großzügig gerüschte Blusen, Schals in Grün-Orange-Lila, die sie sich kühn um den Kopf schlangen, und an einem besonders mutigen Tag Knautschlacksandalen in Weiß mit dazu passenden Kniestrümpfen. Letztere kamen unter den Miniröcken gut zur Geltung, denn die konnten ja wirklich gar nicht kurz genug sein! Das verdankten Mutti, Margot Knotzmann, Gisela Leberecht und all die anderen minirockbegeisterten Frauen einem Ereignis, das zu Unrecht in Vergessenheit geraten ist: der Demonstrationssommer 1970. In jenem Monat protestierten beminirockte Frauen in etlichen Ländern der (westlichen) Welt gegen die zurückkehrende Maximode, die den Geschäftemachern zu größerem Stoffeumsatz verhelfen sollte. »Nieder mit Maxi!«, hieß es da, und »Modediktatur → Umsatzsteigerung auf unsere Kosten«, oder: »Nackte Beine sind schöner als nackte Füße!« (In Deutschland zogen übrigens allen voran die Dortmunderinnen für ihr Recht auf knappe Röcke auf die Straße.) Atemberaubendes Ergebnis des Aufstandes: Hotpants, an denen für Stoffehändler nun wirklich kaum noch etwas zu verdienen war. Maike, die heranwachsende Tochter des Friseurs an der Ecke, profitierte ganz persönlich von der erkämpften Minifreiheit: Unvergessen grandios ihr türkis-lila gemustertes Satinminikleid und die Lackledersandalen in Zebraoptik. Aus dem Quelle-Katalog! Im Kaufhof gab es Häkelkleider, die kaum mehr Faden brauchten als die dazugehörige Kappe. Das Coolste an Maike war dann auch prompt der Typ, den sie in diesem Outfit für sich gewinnen konnte: ihr Freund Mike (in echt natürlich Michael). Der trug, wenn er seinen Afghanenmantel mal wieder in der Vollreinigung und die bestickte Felljacke gerade auch nicht zur Hand hatte, gern eine gebatikte Stoffwindel zum Parka, unter dem sich in der Regel Wollfilzpullunder, ausgewaschener Blockstreifenrolli und total entspannter Nickipullover mit Schildkrötkragen über einer Revoluzzer-Breitcordhose befanden, und schlurfte derart angetan in bereits reichlich mitgenommenen, aber unendlich lässigen schwarzen Westernstiefeln mit Flammensticknähten herum. Was für ein Anblick. Ähnlich wie Mutti, wenn sie einen Turban trug. Aus gelbem Nylon, zum rot-weiß gebahnten Dreiviertelkleid – so hätte sie glatt als Warnkegel oder Pylon etwas dazuverdienen können. Wäre vielleicht gar nicht schlecht gewesen, so viel, wie sie damals für Klamotten ausgegeben hat. Zum Beispiel für diesen braun-orangenen Strickanzug mit wollweißen Bündchen an Ärmeln und Hosenaufschlägen in Vollpatentmuster mit riesigen Knöpfen an

den aufgestrickten Brusttaschen und noch riesigerem Knopf auf dem Strickgürtel in Criss-Cross-Optik.
Heijeijei, in dem Outfit hat Mutti einmal im Wohnzimmer in ihrer Singlesammlung gekramt und eine heiße Scheibe aufgelegt, um dann – da sie sich unbeobachtet glaubte – mitzusingen (»Lady Bump« von Penny McLean, die eigentlich Gertrude Wirschinger heißt – was natürlich ein unsagbarer Namen ist, mit dem die Gute wahrscheinlich nicht eine Platte verkauft hätte).
Und dann hat sie – das Ende des Criss-Cross-Strickgürtels flog nur so hin und her – auch noch mit einem imaginären Luftpartner den Bump-Tanz geprobt: Das sah toll aus, wenn's funktionierte, wenn also die Hüften der Tanzpartner im Rhythmus der Musik aneinanderstießen – und eher mies, wenn mal wieder die eine Hüfte die andere nicht traf (was oft der Fall war, wie uns Kindern, die wir die Party im Keller von der Treppe aus heimlich beobachteten, nicht entging), dafür aber der Schlaghosenjeansrock von Nachbarin Haselmann unkontrolliert umherschwang wie einst die langen, scharfen Klingen an den Sensenstreitwagen der alten Römer.
Um unsere große Cousine Erika hat man sich ja geradezu Sorgen gemacht, besonders beim Tanzen. Wenn sie mit ihren unglaublich hohen Plateausohlen umgeknickt wäre, hätte man es nicht erst mit einem kühlen Waschlappen auf dem Knöchel versuchen müssen, sondern besser gleich den Notarzt gerufen! Wie sollte sie auch den Boden, auf dem sie lief, und etwaige Hindernisse erkennen, wo sie doch diese sagenhaft umfangreiche Flokatiweste trug? Wie Marsmenschen auf LSD kamen die Partygänger unserer Kindheit daher, gleichermaßen umflort von Discoglitter und selbstgefälligem Siebzi-

gerlack wie von Vietnamprotest, Flower-Power und Kommunengedöns. Ach ja, was wir nicht alles über die Jahre trugen. Die Hosen wurden schmaler, die Schuhe flacher, die Farben pastelliger – und der Geschmack aus der Rückschau kein bisschen unbedenklicher. Was der coole Mike wohl ein paar Jahre später, als wir ihn längst aus den Augen verloren hatten und Maike mit einem Sparkassenangestellten verheiratet war, zur Oversize-Optik der Achtziger gesagt hat? Ob er sich in Maike damals auch verliebt hätte, wenn sie rüstungstaugliche Riesenschulterpolster getragen hätte? Ob er womöglich froh war, seinen Afghanenmantel gegen einen dieser Daunenstepp-giganten oder einen der wahnsinnig smarten Anzüge von Boss einzutauschen? Und sich eingedeckt hat mit schmalen Lederkrawatten und Polohemden? Oder ist Mike einer dieser langhaarigen Selbstdreher geworden, der in Webweste ein paar Protestlieder auf einer alten Gitarre klampfte, am späten Vormittag mal eine Vorlesung besucht hat und es total lässig fand, dass Joschka Fischer sich in Jeans und Turnschuhen vereidigen ließ? Bei der einen oder anderen Achtzigerklamotte hatten wir vielleicht so unsere Bedenken, aber nach den knalligen Siebzigern kam uns vieles ja geradezu dezent vor und wir haben all das mitgemacht, bevor wir es hinter uns gelassen haben: den Popperlook, die Tennissocken in den Slippern, den Leggingswahn, das Benetton-Fieber. Wir trugen U-Boot-Ausschnitt, Tunnelzug-Sweatshirt, Schalkragen und Stulpen, gaben die Softpunks à la Campino, die verschärften Partybräute à la Madonna mit Kim-Wilde-Hairdo und haben mit Boy George, Hubert Kah, Thomas Anders und Adam and the Ants schon mal die Metrosexualität geprobt.

# Ein Indianer kennt keinen Schmerz

## Verletzungen und Krankheiten

Wir wuchsen in formaldehydverseuchten Kinderzimmern unter Asbestdächern auf. Erwachsene rauchten ebenso ahnungs- wie rücksichtslos immer und überall. Niemand machte sich Gedanken, ob chemische Substanzen gesundheitsschädlich sein könnten. Der hart verdiente Wohlstand wurde bei ungesunder Ernährung und striktem Bewegungsboykott von unseren Eltern in vollen Zügen genossen. Das Vertrauen in den Fortschritt war grenzenlos, Allergien und Neurodermitis noch kein Thema, der Anspruch, steinalt zu werden, gänzlich unbekannt, die Renten dafür sicher! Menschen um die 60 gingen gebückt am Stock, trugen seit zehn Jahren Gebisse und konnten sich von weichen Polstergarnituren nicht selbstständig erheben. Die Kriegsveteranen und ehemaligen Trümmerweiber zogen sich aus dem aktiven Leben zurück und warteten auf der Hausbank in aller Seelenruhe auf ihr baldiges Ableben. Sie liefen keine Marathons, nahmen weder Anti-Aging-Präparate noch Viagra zu sich, besetzten keine Hörsaalplätze und ließen sich schon gar nicht in der jemenitischen Wüste entführen! Sie bekamen keine künstlichen Hüften und trugen keine Hörgeräte. Unsere Eltern besorgten ihnen allenfalls Franzbrantwein und Klosterfrau Melissengeist. Sie selbst vertrauten ansonsten den Bayer-Werken und Slogans wie: »Milch ist gegen Maroditis«, einer von der Werbung erfundenen Krankheit. Es gab Impfungen, Penizillin, moderne Krankenhäuser, Amalgamplomben und die Carmagnola-Minze (eine Erfindung von Tic Tac) für reinen Atem. Was brauchte man mehr? Kein Mensch wäre auf die Idee gekommen, eine wissenschaftliche Angabe über den Eisengehalt von Spinat infrage zu stellen, auch wenn man wöchentlich den grünen ausgesprotzten Babybrei von der Tapete wischen musste und sich mit einem munter geträllerten »Alete kotzt das Kind!« krampfhaft bei Laune hielt. Wir Opfer der Spinatlüge bekamen keine homöopathischen Kügelchen, wenn wir uns den Kopf anschlugen. Niemand hatte Wundspray und Pflaster in der Handtasche. Wenn wir uns verletzten, war meistens gar kein Erwachsener dabei! Wir lebten mit aufgeschlagenen Knien, Beulen, Schürfwunden und Nasenbluten und den tröstenden Worten: »Bis du heiratest, ist es vorbei!« Wir waren für unsere Verletzungen selbst verantwortlich. Kein Dritter wurde zur Rechenschaft gezogen oder gar verklagt. Unsere Freiheit war grenzenlos – und das Mitleid begrenzt. Die Ansagen: »Zähne zusammenbeißen!«, und: »Ein Indianer kennt keinen Schmerz!«, waren uns auf unangenehmste Weise mehr als vertraut. Wir konnten von Glück sagen, wenn wir uns für unsere Missgeschicke und Blessuren nicht auch noch Vorwürfe einhandelten oder gar eine satte Ohrfeige. Deswegen zeigten wir unsere Verletzungen erst gar nicht unseren Eltern, schon allein deswegen, um uns vor der übelst brennenden Behandlung mit quietschroter Jodtinktur zu drücken. Besuche beim Allgemeinarzt waren selten, Heilpraktiker – so es sie denn gab – sowieso als Scharlatane verrufen, aber Zahnärzte und Orthopäden erlebten Goldgräberzeiten! Bei jedem Kind wurden Knick-Senk-Spreizfüße erkannt und Einlagesohlen verschrieben. Zahnärzte nannten sich plötzlich Kieferorthopäden, bogen vierzehntägig mit einem Zängelchen an einem der Drähte unserer herausnehmbaren Spangen herum und stellten individuelle Rechnungen. Ob es daran lag, dass unsere Zahnspangen hauptsächlich in unserer orangefarbenen Kukident-Plastik-Umhängebox klapperten, statt im Mund getragen zu werden, sei dahingestellt – Fakt ist, dass unsere Beißerchen nach siebenjähriger Behandlung schiefer waren als je zuvor, während unser Porsche fahrender Zahnarzt mit seiner hübschen Sprechstundenhilfe in zweiter Ehe in einer vollverglasten Prunkvilla in Bestlage residierte... Richtig krank zu sein dagegen bedeutete für uns Kinder neben erhöhter Zuwendung auch die uneingeschränkte Erlaubnis, den ganzen Tag Märchenplatten zu hören und auf der Couch im Wohnzimmer zu liegen. Wenn man Glück hatte, brachte Vati abends ein Bussi-Bär-Heft oder leckere grüne Hustinettenbär-Bonbons mit. Eigentlich gar nicht so übel! Krank sein war aber leider auch gnadenlos mit Schonkost verbunden. Zwieback und Kamillentee waren vom Krankenbett nicht wegzudenken. Egal, ob man von Brechdurchfall geplagt war, Windpocken hatte oder ob man wegen einer satten Erkältung daniederlag. Wir schnäuzten, wenn überhaupt, in handumhäkelte Stofftaschentücher mit dem eingestickten Monogramm unserer Großmütter, bis sie so verkrustet waren (die Taschentücher natürlich – nicht die Omas!), dass man sie nicht mehr

entfalten konnte. »Tempo mit besond'rem Pfiff – rasch entfaltet, nur ein Griff« mit der praktischen Z-Faltung kam ab 1976 auf den Markt. Oberseitig angeranzte und vergraute Papiertaschentücher, die nach Schulranzen rochen und an denen Wurstbrotkrümel und Bleistiftspitze klebten, waren bis zur Erfindung der wiederverschließbaren Folienverpackungen im Jahre 1988 absolut normal.
Bei schlimmeren Infekten wurde jedenfalls zusätzlich in das Nahrungsergänzungspräparat Rotbäckchen investiert. »Mutti hol geschwind Rotbäckchen fürs Kind«, hieß es dann dem Werbeslogan gemäß. Die Reformhausexklusivität rechtfertigte die irrsinnig teuren 2,90 D-Mark pro Flasche. Der Vitamintrunk mit Eisen für die Blutbildung versprach Appetit und rote Bäckchen und schmeckte im Abgang tatsächlich so eisenhaltig, als hätte man mit rostigem Altmetall gegurgelt. Zur schnellen Gesundung mahnend wurde die Flasche, zusammen mit der Brandt-Zwiebackpackung, neben das Krankenbett abgestellt. Zwieback-Bubi und das Rotbäckchen-Püppi mit hellblauem Kopftuch lächelten milde herüber. Manchmal bildete ich mir sogar ein, etwas wie Schadenfreude über meinen ungewissen Zustand in ihrem Grinsen erkennen zu können. Wie viel hatte sich dieses artige Rabenhorst-Mädchen eigentlich von dem roten Zeug reingeknallt? Wollte wirklich irgendjemand auf dieser Welt derartig knallrote Pausbacken haben? Ich nicht! Unvorstellbar, wie unanständig ein Witz sein musste, um solch eine heftige Gesichtsröte hervorzurufen, und ich möchte gar nicht wissen, wie viele ans Krankenbett gefesselte Kinder damals ernsthaft über ein Kopftuchverbot nachdachten!

Wenn meine Mutter dann mit sorgenvollem Blick ihre Lippen auf meine Stirn presste und erhöhte Temperatur diagnostizierte, dann war klar, was folgen musste! Rektales Fiebermessen mit dem Quecksilberthermometer. Locker aus dem Handgelenk wurde die hochgiftige Messsäule vor der lästigen Prozedur unter metallischem Klicken nach unten geschüttelt. Ungeschicktem Pflegepersonal fiel da schon mal das Thermometer aus der Hand und die hochgiftigen Kügelchen rollten über den Dielenboden und versanken in den Ritzen. Bloß keine Bewegung, wenn das Messgerät eingeführt wurde. (Nivea-Creme diente übrigens als Gleitmittel und wurde in unserer Familie auch sonst wie eine Heilsalbe verwendet. Bei Kopfweh wurden die Schläfen massiert, Hautreizungen wurden damit sowieso behandelt und meine Großmutter aß bei Hals- und Magenbeschwerden sogar ein Nivea-Brot!) Das war übrigens kein Witz! Egal! Allein die Anspannung und das besorgte Gesicht von Mutti während des Fiebermessens ließen die Körpertemperatur um 3 Grad ansteigen und machten nasse, eiskalte Geschirrtücher um die Waden unvermeidlich. Wadenwickel, Zwiebelsäckchen, Quarkpackungen, Kamillesitzbäder, die altbewährten Hausmittel! Beinahe wären sie von Paracetamol verdrängt worden. Heute greift man wieder gerne auf sie zurück – nur leider gibt es kein hochprozentiges Frauengold als Seelentröster für die gereizte Hausfrau mehr. Das Tonikum wurde 1981 doch tatsächlich wegen nierenschädigender Inhaltsstoffe verboten. Schade! Vielleicht sollte ich mal wieder einen Rotbäckchensaft probieren! Gibt es heute in drei Sorten – natürlich in Bioqualität. Na dann – zum Wohl!

# »Harry, hol schon mal den Wagen!«

## Kultkommissare

Ich weiß ja nicht, wie es bei Ihnen war, aber in meiner Verwandtschaft gab es keinen Mann, der auch nur annähernd so eine rechtschaffene und zuverlässige Ausstrahlung gehabt hätte wie Erik Ode alias Herbert Keller: *Der Kommissar.* Also wenn ich es mir genau überlege, habe ich geradezu schräge Blicke auf meinen Spätachtundsechziger-Vater und meinen Lederwesten-Onkel und meinen segelohrigen alten Großvater mit seiner runden Brille und seinen Hosenträgern geworfen, weil sie irgendwie alle nicht diesen milden und zugleich adleräugigen Ich-krieg-alles-mit-Blick draufhatten, weil man sie nun mal hinters Licht führen konnte, weil sie so einiges nicht gecheckt haben, weil sie selbst hier und da rumgetrickst haben, während dieser Kommissar mit souveränem Ebenmaß seine Pflicht als aufrechter Bekämpfer der Bösen tat und mit jeder Faser seines braunen Hutes und seines grauen Mantels ausstrahlte: Versuch es lieber gar nicht erst, mich reinzulegen, das wird eh nichts. Das war eine schwer beeindruckende 007-Attitüde, die null zur Optik passte und auch ohne spektakuläre Hilfsmittel auskommen musste (Käthe Rehbein, so eine Art Reviersekretärin, hat ihm allerdings sehr viele Tassen Kaffee gekocht), aber dem jungen Gemüt dennoch vermittelte: Wir sind in Sicherheit. Daran herrscht gar kein Zweifel. Wenn solch ein grundsolider Mittelstandsherr derart unangefochten die Schurken verfolgt, dann konnten wir uns getrost ins Bett begeben und den Schlaf des gerechten Bundesbürgers schlafen, der sich nicht nur gut unterhalten hatte bei einem – aus heutiger Sicht freilich nur mäßig spannenden – Krimi, sondern der auch mit dem guten Gefühl zwischen die Federn steigt, dass es noch so etwas wie Moral und Anstand und Ordnung gibt.

www.fernsehlexikon.de: »Kommissar Keller beobachtete die sich im wahren Leben abspielenden gesellschaftlichen Umbrüche aus der Warte des konservativen Kopfschüttlers.«

97 Mal ist dieser Herbert Keller zwischen 1969 und 1976 angetreten. Ich habe ihn heimlich irgendwie bewundert – wenn mir das auch peinlich war, weil er doch so schütter und bieder aussah –, aber dieser Beinahe-Pensionierte hat sich bei seinen Ermittlungen in der Millionärsvilla mit der gleichen Selbstverständlichkeit benommen wie im Beatschuppen, als würde er da samstags selbst hingehen! Unter Hippies, mit frechen langhaarigen Rumhängern, vor dem Jugendklub: Dieser Herbert Keller war überall ein Fisch im Wasser – zwar ein bedächtiger, eher farbloser, aber eben kein hektischer Sprücheklopfer, der mit Müh und Not seine Befangenheit überspielt. Wie zum Beispiel hin und wieder – das muss einmal gesagt werden – *Derrick*, der – Kultstatus hin oder her – in manchen

Szenen fürchten ließ, er werde gleich lang hinschlagen, so steif und mit schlecht verhohlener Verlegenheit führte er die Gespräche mit jungen, vorwitzigen oder attraktiven weiblichen Menschen. Vielleicht war Kommissar Keller einfach nur der geradlinigere Beamte, der seine Ermittlungen sturer und zäher durchgezogen hat. Als Verbindungsglied zur Jugend und Moderne stand sein Assistent Harry Klein (Fritz Wepper, zum Teil in kühner Aufmachung, etwa mit Wollzottelparka oder Falten schlagendem Spatenschlips, der eher an die Seidengebinde der Dandys aus dem viktorianischen England erinnerten) parat, der – und das war in der Tat ein ungewöhnlicher TV-Transfer – ab 1974 allerdings versetzt wurde: auf die Stelle des Assistenten von Oberinspektor Stephan Derrick (Horst Tappert), mit dem zusammen er unglaubliche 281 Mal einen Fall löste und als Serie in 104 Länder verkauft wurde (vielleicht hat man diesem steifen, privatlebenlosen Derrick einfach jemand Lockeren zur Seite stellen wollen). Den Satz: »Stephan, da liegt die Leiche«, soll Harry ja (leider) nie gesagt haben – den Satz: »Harry, hol schon mal den Wagen«, hat Stephan immerhin ein Mal von sich gegeben!

www.fernsehlexikon.de: »Den Rang des Oberinspektors, den es bei der Polizei in Wirklichkeit schon seit Anfang der Siebzigerjahre nicht mehr gab, behielt Derrick während der gesamten Laufzeit der Serie.«

Niemand, aber auch wirklich niemand weiß, warum sich die Japaner, die Taiwanesen, die Mongolen, die Polen, die Australier, die Amerikaner, die Brasilianer, einfach alle rund um den

Erdball, die einen verdammten Fernseher haben, derart für Derrick begeistert haben. Aber es ist so. Ein Phänomen. Dieser Typ Reihenmittelhausbesitzer mit dem Einstecktuch im Karosakko, der über seinen – da hilft kein Leugnen und auch kein Drüberhinwegsehen – stark ausgeprägten Tränensäcken diese Griechische-Busfahrer-Sonnenbrille in unverspiegelt trug. Böse Zungen behaupten, er habe etwa drei verschiedene Gesichtsausdrücke für seine Jahrzehnte währende Schauspielkarriere zur Verfügung gehabt: ein bisschen traurig, ein bisschen ungehalten, ein bisschen trantütig. Wo wir schon bei diesen Wahnsinnstypen sind: Die Krönung ist ja fast *Der Alte*. Noch so ein Münchner Mordkommissar. Siegfried Lowitz spielt ihn, mit dem durch die Dritten unvergessen dahingelispelten Namen Erwin Köster. Den hätte Loriot sich nicht schöner ausdenken können. Am Ostermontag 1977 grummelte er zum ersten Mal über den Schwarz-Weiß-Bildschirm. Titel des anderthalbstündigen Pilotfilms: »Die Dienstreise.« Ah! Spannend! Bevor er genug hatte, sich von einem Fiesling in den Bauch schießen und Leo Kress (Rolf Schimpf) übernehmen ließ, bekamen wir Köster genau 100 Mal zu sehen.

Dieser miesepetrige alte Kerl mit AOK-Brille, Nachkriegshut und Vorstadt-Trenchcoat, den seine Umwelt durchgängig rechtschaffen zu nerven schien und der am liebsten ganz ohne Kollegen ausgekommen wäre, hatte einen Mordserfolg, kriegte waschkorbweise Fanpost, wurde zu einem der beliebtesten deutschen Fernsehermittler. Einige freilich haben sich beim ZDF beschwert, weil Köster ständig seinen Vorgesetzten, Kriminalrat Franz Millinger (Henning Schlüter), übergeht und nicht immer lupenrein legal ermittelt.

www.fernsehlexikon.de: »Wenn Verdächtige ihm dumm kommen und ihn anlügen, lügt er zurück, blufft, spiegelt falsche Tatsachen vor und bringt sie so zum Geständnis – oder wenigstens zur Kurzschlusshandlung, die sie verrät.«

Also mit der Seriosität, dem ganz großen Aushängeschild der deutschen Ermittler, hatte Köster es nicht so. Da waren selbst *Kojak* (Telly »Entzückend« Savalas, die coolste Billardkugel der Welt), *Starsky & Hutch* (die lässigen Detective Sergeants im knatschroten Ford Gran Torino) und Lieutenant Mike Stone (Karl Malden) und Inspektor Steve Keller (Michael Douglas) von den *Straßen von San Francisco* durchaus zimperlicher. Wenn sie optisch auch eine komplett andere Kampf- und Wirkungsklasse waren.
Der Schlendrian hielt dann in Deutschland mit Götz George als *Tatort*-Kommissar Horst Schimanski so richtig Einzug, am 28. Juni 1981. Das war dieser sagenhafte Typ in der angeranzten Großstadt-Survival-Jacke, der ein total persönliches Verhältnis zu jedem Fall hatte, fluchte wie ein Bierkutscher, vom heillos überzogenen Dispo seine Currywurst kaufte und früher Automaten geknackt hat, bis ihn irgendeine Vaterfigur (Kriminaloberrat Karl Königsberg) auf die Polizeischule gebracht hatte. Schimanskis Partner, Hauptkommissar Christian Thanner (Eberhard Feik), war mindestens so sehr sein Bewacher (»Mensch, Horst!«) wie Kollege. Und wie das bei ungewöhnlichen Figuren oft so ist, haben sich erst mal ganz viele über ihn aufgeregt: Was das denn für ein Proletenidiot sei; eine furchtbare Beleidigung für alle ehrlichen, redlichen Polizisten; ein Weichei (»Mensch, du!«) mit Hang zu Verbal-

entgleisungen (»Verdammte Scheiße, Mann!«); ein grober, unfähiger, labiler Spelunkenheini mit ungesunder Neigung zu Depression und Alkohol, der im wirklichen Leben nicht mal einen Fahrraddieb stellen würde.

www.fernsehlexikon.de: »Noch Jahre nach seinem Abschied vom *Tatort* wurde Götz George stets mit der Rolle des rüpelhaften Polizisten identifiziert.«

Aber dieser verstörend unkonventionelle Kriminalhauptkommissar, der ein Teil zu sein schien von den Schrottplätzen, stillgelegten Zechen und trostlosen Siedlungen, in denen er ermittelte, wurde zu einer Identifikationsgestalt und hat dem Ruhrgebiet ein anderes, neues Selbstbewusstsein gegeben. Und wurde der Kultkommissar des deutschen Fernsehens, vielleicht weil keiner einfach an ihm vorbeikam: Keiner wusste, wo es bei Schimi eigentlich langging zwischen Macho und Memme, Heulsuse und Draufgänger, Loser und Held. Bis 1991 rotzte und menschelte Schimanski durch seine Fälle, dann vermeldete er: »Ich hab einfach keinen Bock mehr.« Muss man akzeptieren.
Die *BILD am Sonntag* startet im Mai 2008 eine Umfrage nach dem beliebtesten Tatort-Kommissar aller Zeiten. Platz 1: Horst Schimanski, Platz 2: Christian Thanner.
Vielleicht hätte man die Duisburger Uni doch Schimanski-Universität nennen sollen.

# Wenn ich nur so begehrt wär wie der Cornetto Erdbeer

## Eis und Süßes

Bei aller Liebe zum Fortschritt – bei Süßigkeiten und Eis hört der Spaß aber ganz schnell auf. Wehe, da werden Produkte verändert oder gar vom Markt genommen, die uns seit unserer Kindheit begleitet haben. Cornetto gibt es seit 1966! Nogger seit 1964! Und Capri feierte 2009 seinen 50. Geburtstag! Würden sie von der Langnese-Eistafel verschwinden, es wäre weit schlimmer als herausgerissene Babyfotos aus einem Familienalbum. Wir wissen heute noch die Pfennig-Preise von Alpha, Berry und Zonga. Beim bloßen Gedanken an Bazooka-Kaugummi steigt uns sofort der künstliche Aromaduft in die Nase und das bunte Süßigkeitenangebot eines Siebzigerjahre-Freibadkiosks taucht unweigerlich vor unserem inneren Auge auf: Leckmuscheln, Brauseufos, Nappos, Kreisellollis mit Motivstängel und Esspapier wurden zum Inbegriff unserer kindlichen Glückseligkeit! In unzähligen Internetforen schwelgen Nostalgiker in süßen Erinnerungen und sind bereit, für ihre klebrigen Lieblinge zu kämpfen. Die »Interessengemeinschaft Brauner Bär« holte sich ihr Karamelleis zurück und auch die Nogger-Choc-Vermisser waren mit ihrem

Gesuch bei Langnese erfolgreich. Dabei geht es gar nicht nur um den Geschmack. Nein! Der wahre Nostalgiker besteht darauf, dass sich auch bei Form, Farbe und Verpackung nichts ändert. Alles soll so bleiben wie früher. Twix soll wieder Raider heißen, Snickers gehört wieder in eine rote Verpackung, der papierumwickelte Stiel der Kirschlollis soll sich bitte beim Lutschen wieder so auflösen wie damals und Stachelbeerbonbons müssen den Gaumen wund scheuern, damit das richtige Gefühl von damals aufkommt. Im Jahr 2006 schlossen sich allein an die 100 000 Kinderschokolade-Fans der Unterschriftenaktion »Weg mit Kevin« an. Sie wollten sich damit gegen das neue Bubengesicht auf der Packung wehren und forderten ihren altbewährten Günter Euringer zurück. Dessen Kopf war zwar modebedingt immer wieder leicht retuschiert worden, aber trotzdem lächelte uns Günter 33 Jahre lang vertaut aus dem Süßigkeitenregal zu. Die Firma Ferrero blieb jedoch hart: Kevin blieb. Mehr Glück hatten da die Dolomiti-Fans. 1994 feierte der Eisklassiker von Langnese kurzzeitig sein Comeback. Das Wassereis am Stiel, in der Form eines Bergzackens, in den Farben der italienischen Flagge, war ab 1973 ganze 14 Jahre lang auf den Eistafeln zu finden. Es bestand aus drei Schichten: Die drei Gipfel in strahlend weißer Zitrone, die Mitte in quietschrotem Himbeergeschmack und unten Waldmeister in schreiendem Grün. In den Siebzigern musste alles farbig leuchten, um Käufer zu begeistern. Mit welchen chemischen Mitteln dieser Effekt erzielt wurde, schien niemanden wirklich zu kümmern. 50 Pfennig kostete das erfrischende Leckerchen damals, von dem böse Zungen behaupten, es hätte nachts die Funktion einer Taschenlampe übernehmen können. Doch der Erfolg des Retroproduktes blieb aus. Die alte Rezeptur entsprach nicht mehr den Lebensmittelrichtlinien und so kam statt der leuchtenden Chemokeule ein blasser Ersatz in die Kühltruhen, dessen krachgrüne Waldmeisterbasis zu allem Überfluss durch ein wirsinggrünes Stachelbeersorbet ersetzt worden war. Wen wundert's, dass dieses Dolomiti bereits nach einem Jahr endgültig aus dem Sortiment genommen wurde. Wahrscheinlich sind die neuen Lebensmittelrichtlinien auch der Grund, warum es den grün fluoreszierenden Grünofant im Waldmeistermantel nicht mehr gibt. Daran rüttelte auch die vielfach gerufene Parole: »We want Grünofant!«, bislang nichts. Dranbleiben, Leute! Sogar Himbi, Flutschfinger, Double Dip und Liebesperlen in der Babyflasche schafften das Comeback! Und eines ist doch hoffentlich allen klar, auch wenn der Karamellkern nicht mehr so schön steinhart ist wie früher: Der braune Bär darf niemals sterben! Niemals, weiße Brüder und Schwestern! Hugh – Ich habe gesprochen.

## Einige Eissorten aus den Siebzigern, die von der Langnese-Eistafel verschwunden sind:

### A

Alpha Star (Ranger)

### B

Banana Joe
Baninchen
Berry
Bobby
Bobby/Luxus

### C

Cola Pop

### D

Dingi (Ed von Schleck)
Dolomiti

### G

Grünofant

J

Jolli/Jolli Top

Joghurt Jack

K

Kili Man Scharo

M

Miami Flip

S

Schnubbi

Super Twinn

T

Tip & Tap (zur Fußball-WM 1974)

Z

Zonga

## »Lang wie ein Degen, süß wie eine Prinzessin!« Auswahl unvergessener Süßigkeiten

- Apfelkornbonbons – von Berentzen
- Bonitos – bunte Schokolinsen mit aufgedrucktem Smiley in brauner Packung
- Bazooka – Kaugummi in blau-weiß-roter Verpackung: »Blas den Großen!«
- Drei Musketiere – geflochtenes Schokogitter mit Karamellkern
- Goldnusspärchen – zwei Haselnüsse in Schokolade in goldenem Körbchen mit grünem Henkel
- Kaba-Brotschmaus – Schokobrotaufstrich aus der Tube
- Käpt'n Nuss – Schokonuss-Brotaufstrich
- Nuts – Riegel mit Nuss-Karamell-Füllung
- Paroli – Hustenbonbons mit alkoholischer Füllung
- Sugus – Fruchtbonbons, von schwarzem Männchen mit Bonbonkörper beworben
- Traubenzuckerstangen – etwa 30 Zentimeter lange bunte Plastikröhrchen, mit Traubenzuckerpulver gefüllt

- Treets – Nüsse in runder, brauner Schokohülle; in gelber Packung
- Yes Torty – Tortenriegel

# Hossa Hossa und die Stimmung war im Partykeller

## Feiern und Feten

Während junge Menschen heute gerne großzügig verglaste Kneipen aufsuchen, die wie Wohnzimmer aus guten alten Zeiten möbliert sind, ging man früher in Neubaugebieten aus. Die Bungalows dort besaßen tief unter der Erde konspirative Räume, die wie Kneipen ausgestattet waren. Selbst in Haushalten, in denen die Frauen im Alltag gestärkte, weiße Rüschenblusen und Faltenröcke trugen – statt Polyestertops und Schlaghosen – und in deren Häusern das Wildeste der neue Frische-Duft der marmorierten Fa-Seife war, gab es sie – die verruchte Zone im Untergrund: den Partykeller mit eingebauter Kellerbar! Ungedämmte, fußkalte Räume ohne natürliches Licht und jede Lüftungsmöglichkeit mit lichten Raumhöhen knapp über zwei Metern mutierten in regelmäßigen Abständen zu entfesselten Partyzonen. Auch wenn Girlanden Heizungsrohre kaschierten, Urlaubstrophäen wie buntbemalte Keramikteller aus Spanien die Betonwände zierten, Bast umwickelte Chiantiflaschen als romantische Kerzenständer dienten und ausrangierte Polstergarnituren aus den Fünfzigern gemütliche Sitzgelegenheit boten, haftete diesen

Räumen immer etwas Bedrückendes an. Aber genau dieses Luftschutzbunkerambiente bot unseren kriegsgeschädigten, wertekonservativen Eltern und deren Nachbarn wahrscheinlich die nötige Sicherheit, gab ihnen das Gefühl, bei ihrem maßlosen Treiben unentdeckt zu bleiben. Abgeschnitten von der Außenwelt, wurde mit ungewöhnlich südländischem Temperament zu Stimmungsmusik wie »Fiesta Mexicana« von Rex Gildo oder »Griechischer Wein« von Udo Jürgens ausgelassen getanzt, gegrölt, gefeiert, gequalmt und gebechert. Am rustikal vertäfelten Heimwerkertresen, eindrücklich ausgestattet mit allerlei Hochprozentigem, beschwipsten sich biedere Hausfrauen mit Mixgetränken aus Eierlikör und Bluna oder Asbach Uralt mit Afri-Cola oder nippten genüsslich an ihren Ananasbowlegläsern. Nassgescheitelte Stadtangestellte brachten sich bei frisch vom Hausherrn gezapftem Bier vom Fass in Fahrt und stopften ungezählte Spießchen vom Käseigel mit Silberzwiebeln und Senfgürkchen in sich hinein. Obwohl wir Wohlstandskinder schon mehrfach nach oben ins Bett geschickt worden waren, übersahen unsere Eltern mit zunehmender Feierlaune unsere Anwesenheit. Mit einer Tüte heiß begehrter Bahlsen-Paprikachips oder Gold-Fischli zogen wir uns auf die Kellertreppe zurück und beobachteten aus der Distanz peinlich berührt, wie unsere ansonsten erzkonservative Umgebung allmählich die Contenance verlor. Vati tanzte mittlerweile mit der albern kichernden Frau Hechenbichler von gegenüber Orangentanz, während Mutti an der Bar mit dem stark transpirierenden Dickwanst vom zweiten Bauabschnitt Brüderschaft trank, den sie dann für den restlichen Abend Dieter nannte, um ihn bereits am nächsten Tag wieder übers Gartentor hinweg höflich mit »Doktor Singhammer« zu grüßen. Onkel Rudi, dessen Nassscheitelfrisur schon sehr gelitten hatte, nutzte die Gelegenheit, sich bei der Polonaise hinter die üppige Frau Kling zu drängeln, um ihr mal richtig an den Hüftspeck zu greifen, und nur hinter vorgehaltener Hand erzählte man noch Jahre später, dass der damalige Nachbar von Hausnummer 34 bei einer Faschingsfeier (als Ölscheich verkleidet) versuchte, sich an unsere arglose Tante Hilde ranzumachen, und ihr unterm Tisch sogar ans Knie fasste!

Irgendwann, heimlich, still und leise, war diese wilde Zeit unserer Eltern vorbei. Der Partykeller wurde zunehmend mit Sperrmüll vollgestellt, in der Bar überwinterten Gartenliegen und Geranienkästen und die Thujenhecken zwischen den Nachbargrundstücken waren endlich so hoch gewachsen, dass man mit den Nachbarn keinerlei Kontakt mehr haben musste und diesen auch nicht mehr suchte.

Als wir Kinder dann in den Achtzigern die Partykeller für unsere Jugendfeten wiederentdeckten, entrümpelten wir kurzerhand all das Abartige, das wir heute wahnsinnig abgefahren finden würden und gerne wiederhätten: Zigarettenspender, Drehaschenbecher, Erdnussmännchen, ein 12-teiliges Bleikristall-Bowleset mit Laubdekor und einen Plastikpilz als Halter für Appetithäppchen. Wir kratzten die peinliche Bergweltfototapete von der Wand und klebten mit Tesa schräg *Bravo*-Poster von The Kiss, David Bowie und Hubert Kah an die Wände. Alle rustikalen Oberflächen wurden großzügig mit Alufolie überzogen. Wir entsorgten kistenweise die echt voll peinlichen LPs unserer Eltern, für die wir heute Liebhaberpreise von über 50 Euro pro Stück erzielen würden. Der Dual-plattenspieler wurde durch eine Stereoanlage ersetzt, und wer wirklich cool war, hatte in seinem Partykeller eine Lichtorgel, die im regelmäßigen Wechsel die drei Ampelfarben in den Raum blinkte. Am Rand des Raumes lagen alte Matratzen als Sitz- und potenzielle Kuschelmöglichkeit, die heute bei sämtlichen Kindern einen allergischen Schock auslösen würden, und dann feierten wir im Untergrund.

Hordenweise kamen Jugendliche auf Mofas an, passierten grußlos die Gesichtskontrolle unserer leicht nervös wirkenden Eltern und verschwanden dann über die Kellertreppe in die unheimlichen Tiefen des Kellers. Bei dröhnend lauter Musik teilte sich die Gesellschaft sofort nach Geschlecht. Die Jungs standen auf der Barseite, die in der Regel frühreiferen Mädchen warteten geduldig auf der Matratzenseite ab, was der Abend so bringen würde. Die Jungs wollten Headbanging und Luftgitarre spielen, die Mädels hofften auf irgendetwas in Richtung *La Boum – die Fete*, sie wollten nicht bloß an Salzstangen knabbern, sondern Klammerblues tanzen oder wenigstens Abba hören.

Meistens endete der Abend für beide Seiten mehr oder weniger unbefriedigend.

Irgendein testosterongesteuerter Halbstarker hatte außerdem immer eine Flasche Apfelkorn in den Keller geschmuggelt und den Jungs schien es die größte Freude zu bereiten, das harmloseste Pickelgesicht aus ihren Reihen damit abzufüllen, bis dieses kotzend im Vorgarten lag.

Den mahnenden Spruch unserer Eltern: »Was werden die Nachbarn sagen?«, konnten wir jedoch besten Gewissens überhören – schließlich hatten wir Dr. Singhammer schon volltrunken vom Barhocker fallen sehen.

# Petting statt Pershing

## Die besten Siebziger-Sprüche

- Es gibt viel zu tun – lassen wir es liegen!
- Wer zweimal mit derselben pennt, gehört schon zum Establishment.
- Mit Anarchie und LSD bekämpfen wir die BRD.
- Anarchie ist machbar, Herr Nachbar!
- Freie Fahrt für freie Bürger!
- Arbeit adelt – ich bleib lieber bürgerlich.
- Keine Panik auf der Titanic.
- Ich geh kaputt, gehst du mit?
- Lieber heute aktiv als morgen radioaktiv!
- AKW – nee!
- Jute statt Plastik!
- No Atomkraft in my Apfelsaft!
- Lieber lange Haare als kurze Reaktionszeiten!
- Allah ist mächtig, Allah ist stark, der Liter Benzin kostet 2 D-Mark.

# Die wilde Frische der großen weiten Welt

## Leicht und schonend, voll Aroma – wunderbare Werbung!

Mit welch naiver Andacht saßen wir doch damals vor der Mattscheibe, während der aalglatte Herr Kaiser von der Hamburg-Mannheimer, Marianne Koch, die die Ado-Goldkanten-Gardine so unnachahmlich vorbildlich zwischen ihren manikürten Fingern hielt, Palmolive-Plapperfee Tilly und der Marlboro-Cowboy sich ein Stelldichein gaben. Die waren ja fast wie Bekannte, aber allesamt welche, die uns dieses fiese bisschen überlegen waren. Sie sprachen uns persönlich an, lebten uns ein perfektes Leben vor, versetzen uns in latente Unruhe.

In der Rückschau ist die Suggestivkraft geradezu köstlich: »Sehen Sie, Sie würden ja zur Körperpflege auch keine Kernseife benutzen, sondern eine Seife, die Ihre Haut reinigt und zugleich pflegt«, sagte der extrem reelle Persil-Mann und beugte sich jovial nach vorn in seinem Stuhl. Das saß. Aber natürlich wasche ich mich nicht mit Kernseife!! – Schnappatmung – Nein, nein, natürlich nicht!! Ich habe doch die Zeichen der

Zeit erkannt und lebe auch nicht mehr wie eine Trümmerfrau! Deswegen kaufe ich – wenn ich's nicht ohnehin schon läääängst gemacht habe – ab jetzt bestimmt nur noch Persil! »Da weiß man, was man hat. Guten Abend.« Der Puls ging wieder runter. Aber es folgte schon die 8x4-Werbung: eine blonde Nudel in rot-weißer Kosakenbluse tanzt in einer Münchner Edeldisco ab, um hernach sogleich zur Transpirationskontrolle anzutreten: Sie hebt beide Arme – ha!, da ist der Beweis. Eine sonore Herrenstimme verkündet: »Rechts korrekt gepflegt – trotzdem große Schweißränder. Links wirkt ein Antitranspirant schweißregulierend. Sichtbar trockener unterm Arm, sichtbar frischer.« Ja, ja, ja, ich werde nur noch 8x4-special benutzen, ja, ja, ja! Wie könnte mir etwas anderes in den Sinn kommen? Ich will keine großen Schweißränder, o nein! Ich will doch unbedingt nicht nur KORREKT gepflegt sein, sondern SICHTBAR trockener und frischer!
Muttis Gewissen war geplagt genug: Beim Aufwischen stellte sich bei ihr einfach kein Der-General-Anblick ein: Meister Proper blitzte und strahlte auf den Kacheln der anderen einfach stärker, und spiegeln konnte sie sich auch in nichts. Der fröhliche Chor: »Denn nur was richtig sauber ist, kann richtig glänzen«, machte sie ein wenig fuchtig; schließlich blinkte ihre Küche nicht nur nicht so richtig, sie hatte auch noch mitanhören müssen, wie ihre Tochter Melanie von der Cousine angesprochen wurde: »Du, sag's nicht deiner Mutti, aber zu Haus sind die Nachthemden anders!« – »Anders?!« – »Ja, bei uns fühlen sie sich so weich an, überhaupt viel frischer, eben behaglicher.« Weicher. Frischer. Behaglicher. Muttis komplette Existenzberechtigung war innerhalb weniger Sekunden

pulverisiert. Sie konnte sich nur noch völlig ratlos und überaus niedergeschlagen im Waschkeller vor ihren Billigheimer-Weichspüler stellen und grübeln: Aber ich hab doch weichgespült! Das war der große Moment des Lenor-Gewissens. Einer delikaten psychologischen Federführung der in den Siebzigern zu Hochformen erwachenden Werbeagenten folgend, trat Muttis hausfraulich perfektes Alter Ego neben die Unglückliche und mahnte mit milder Strenge: »Aber nicht alle Weichspüler sind genau gleich. Nimm lieber Lenor!« Und siehe da, Aprilfrische und Lenor-Weichheit hielten auch in unser bescheidenes Heim Einzug. Auch Melanie war beglückt: »Erst Lenor macht die Wäsche behaglich – klasse, Mutti!« Mutti durfte weiterexistieren.

Was viele Frauen mit Kindern und einem Haushalt ja eher verstörte als zu triebhaften Tauchgängen animierte, war die Fa-Schnalle. Wenn es hieß: »Erregend …« – Gottogott, erregend! – »… wie ein Sprung in die prickelnde Kühle des Ozeans, so ist die frische Fa. Sie hat die wilde Frische von Limonen«, guckte Mutti ganz verlegen und nestelte scheinbar beschäftigt herum. »Lavendel, Oleander, Jasmiiihiiin – Vernel« – das wäre noch gegangen, aber wild-frisch wollte sie lieber gar nicht sein! Und dann sah sie kurz zu Vati herüber und überlegte wahrscheinlich, ob er sie sich wilder wünschte. Aber von ihr aus konnte der Ozean (»Wenn der Ozean nicht zu Ihnen kommt, holen Sie ihn doch mit der wilden Frische der marmorierten Fa!«) auch bleiben, wo er war. Mutti hielt sich da lieber an das milde, zuverlässige bac. Das wurde zudem von einer ordentlichen Familie präsentiert, die sich zwar auch mal zoffte, sich dann aber mit einem entschlossenen: »Mein bac, dein bac – bac ist

für uns alle da!«, ganz hurtig wieder einkriegte und in famose Wir-haben-uns-alle-lieb-Laune versetzt wurde.
Oder noch besser: An Klementine, den drallen, patenten Waschfrauen-Pröngel: Freundin nicht der feinen Herrschaften, die selbst nicht Hand anlegen müssen, sondern der Haus-, Reinigungs- und Zugehfrauen, bei denen der Slogan: »Nicht nur sauber, sondern rein«, einschlug wie eine explodierende Wäschetrommel. Klementine, die Waschmaschinen nicht nur einschalten, sondern auch reparieren (!) konnte, die stets ein Tönnchen Ariel zur Hand hatte, in unerreicht blendender Laune auf den Hauptwaschgang zeigte und diese sagenhaft reinliche, ganz und gar unweibliche Latzhose trug, avancierte zur bekanntesten Werbefigur des deutschen Fernsehens; eine wie wir (gern wären), die sich nicht unterkriegen lässt, die das Leben und seine Probleme beherzt anpackt, so eine wunderbar brauchbare Zick-Zick Zyliss-Mentalität: Angepackt wird und fertig ist das Gartenhäuschen. Dann bleibt auch ein bisschen Luft dafür, ein paar Merz-Spezial-Dragees einzuwerfen (»Echte Schönheit kommt von innen.«), die Wollpullover mal wieder in Schmusefeudel zu verwandeln (»Oh, weich! Ist der neu!« – »Nein, mit Perwoll gewaschen.«), die Avon-Beraterin ihre Arbeit tun zu lassen (»Du siehst bezaubernd aus.«), sich auf das Gard-Haarstudio zu besinnen (»Schönes Haar ist dir gegeben, lass es leben, nimm Gard!«) oder ihre Küche mit bunten Pril-Blumen zu schmücken. Danach nimmt frau es auch wieder lockerer, wenn der Abfluss mal verstopft ist (»Ja was ist denn schon dabei? Da nimmt man Abfluss-frei, das macht den Abfluss frei!«).
Vati achtete indes gar nicht auf Mutti. Der dachte an ganz andere Dinge: Etwa an »das Streben nach Vollkommenheit«, bei

dem einem der neue 3er-BMW helfen würde. Oder an den schnittigen Capri II »mit der klaren Linie der Vernunft«, der ihm schon auch gefallen würde. Kernig war das, wie dieser Hasardeur mit dem Drachensegler da von dem Felsen sprang. Und was tat seine Frau? Dieses Teufelsweib kurvte wie ein Rennfahrer durch die Landschaft, um diesen Wahnsinnskerl und seinen Drachen irgendwo unten in der Walachei wieder einzusammeln. In der Tat: »Dieser Capri tritt jetzt in Aktion – tun Sie es auch!«, anders konnte man es nicht bezeichnen, recht hatten die in der Werbung. Und man selbst? Hoffentlich Allianz versichert (»ein festes Bündnis mit dem Glück«)? Oder wenigstens bei der Nürnberger Versicherung (»Schutz und Sicherheit im Zeichen der Burg«)? Nicht mal ein musketierverdächtiger Humpen (»Männer wie wir trinken Wicküler Bier!«) stand auf dem Tisch, auch kein Geist des Weines im Erfolgsschwenker (»Das ist schon einen Asbach Uralt wert …«) und kein Kosakenkaffee (»Komm, Brrridderchen, trrrink!«). Und mit der Faust durch eine Glasscheibe (Timex-Uhr: »Stoßfest, wasserdicht!«) hatte er auch noch nicht geschlagen. Vati, so musste er stark befürchten, verströmte auch nicht den animalischen »Duft des undressierten Mannes« (Rodeo After Shave); allenfalls ein Rest vom morgendlichen Spritzer Hattric (immerhin: Uwe Seeler pfeift »Im Frühtau zu Berge«) umwehte ihn noch, inzwischen freilich verdrängt von der Wolke, die aus seinen Schuhen aufnebelte, die er den ganzen Tag getragen und derer er sich nun entledigt hatte, um es gemütlich zu haben. Und als hätten sie es geahnt, kommt der Stinkesocken-Spot, um Vati endgültig die Illusion zu rauben, es sei so etwas wie ein toller Hecht an ihm verloren gegangen:

»Toll, ein japanisches Restaurant, zieht alle eure Schuhe aus!«, ruft eine Frau aus der fröhlichen Gruppe, woraufhin einer ihrer Begleiter panisch auf seine Käsemauken hinunterblickt. Hätte er mal beizeiten was unternommen – »Dagegen hilft: Geruchsfresser!«, ertönt es auch schon. Erst die eindringliche Esso-Stimme: »Es gibt viel zu tun – packen wir's an!«, reißt Vati aus seinen Mieffußbetrachtungen. Ja, in der Tat, ein Mann braucht ein Ziel. Während Vati über ein mögliches Ziel nachdachte, saugten wir Kinder alles begeistert in uns auf, was da über den Bildschirm auf uns einflimmerte. Dass wir mit Rauchen irgendwann angefangen haben und es uns dann später mühsam wieder abgewöhnen mussten, haben wir sicher auch dem Duft der großen weiten Welt (Stuyvesant), dem ultraangesagten Camel-Mann und der total distinguierten Ernte-23-Frau-von-Welt zu verdanken. Aber am meisten wahrscheinlich dem HB-Männchen. Denn diese netten kleinen Zeichentrickfilmchen in den Werbeblöcken waren zusammen mit den Mainzelmännchen ein gewisser Ersatz, wenn wir mal wieder nicht *Schweinchen Dick* gucken durften (zu brutal). Das Männchen kämpfte mit wild gewordenen Rasenmähern, Stichsägen, Hängematten, Handbohrern, Badewannen und Telefonen und wurde mit einem freundlichen: »Halt, mein Freund, wer wird denn gleich in die Luft gehen? Gut gelaunt geht alles wie von selbst!«, wieder beruhigt. Botschaft angekommen. Von Entspannung und guter Laune stecken dicke Portionen in jeder Zigarettenschachtel. Danke für den Tipp! Wir waren überhaupt sehr gern bereit, uns beeinflussen zu lassen. So mochten wir Lakritz schon damals nicht besonders, aber die fesche Stadion-Reporterin von Haribos

Lakritz-Katinchen hat unserem Rhetorik-Heroen Uwe Seeler (»Weltklasse!«) und vor allem dem Rheinländer Wolfgang Overath (»Für den Geschmack der Katinschen, da könnte isch für kämpfen!«) solche Bravourstücke entlockt, dass die Tüten bald in unseren Taschen knisterten. Neben denen vom dicken grünen Hustinetten-Bär (»Nimm den Husten nicht so schwer, es hilft der Hustinetten-Bär!«). Der war aber auch zu nett, wie er da über die Skipiste cruiste und dem röchelnden Jungen eine Tüte unter die rote Nase hielt: »Da helfen gleich, das will ich wetten, die Sieben-Kräuter-Hustinetten!« Tja, wenn all die anderen Zuckerverwerter, Leckerschmecker (»Hört nie auf«), Caramac (»Bringt auf Zack«), Afri-Cola (»Lasst uns frischwärts gehen«) und Mars (»Macht mobil bei Arbeit, Sport und Spiel«), nicht so verdammt gute Arbeit geleistet hätten, wäre uns das Zusammenzucken bei »Mutti, Mutti, er hat überhaupt nicht gebohrt!« erspart geblieben. Und Mutti auch. Danach kam aus dem Colgate-Fluor-S-Off die drängende Frage: »Kann Ihr Kind das auch sagen?« Na, kann es das? Oder hat der Zahnarzt beim letzten Besuch ganz fürchterlich gebohrt und Ihr Kind hat ganz fürchterlich geheult und Sie hatten ein noch viel fürchterlicheres Gewissen, weil Sie die Situation zahnpflegetechnisch nicht im Griff hatten und selbst auch (schon heute) nicht mehr kraftvoll zubeißen konnten? Na, war es so? Und für BlendaxBlendi-Zahncreme (»Macht Kinderzähne biberstark.«) hat es auch nicht gereicht? Nun, einen ordentlichen Kaffee wird es im Haushalt doch wenigstens gegeben haben? Oder haben Ihre Freundinnen etwa die nur halb ausgetrunkenen Tassen stehen gelassen und sind mit befremdeten Blicken und kaum merklich die Köpfe schüttelnd nach Hause gegangen? Wo es zum Beispiel gab, was Frau Karin Sommer empfahl: »Jacobs-Kaffee – da schmeckt man das ganze Aroma – wunderbar!« oder Sana Tchibo Schonkaffee, der in den Verkaufsfilialen damals so herrlich von tanzenden Tussis in Schürzen besungen wurde: »Hört Ihr Leute, sie will Sana, den modernen Schonkaffee, – ja, die Dame hat Geschmack – leicht und schonend, voll Aroma!« Ich glaube, wir müssen unserer geschundenen Werbeseele mal etwas Gutes tun. Vielleicht ein Rama-Brot (»Macht das Frühstück gut.«) oder ein paar Iglo-Balken (»… sollst immer deine Lieblingsfischstäbchen bekommen!«) oder wir waschen uns einfach gegenseitig die Haare (»Seit wir das neue Schauma benutzen, sind deine Haare schon viel kräftiger geworden!«). Ente gut, alles gut.

# Lehár trifft Wermelschmied

## Die beliebtesten Showmaster und ihre Sendungen

Die ganze Straße wusste Bescheid: Herrn Wermelschmied wurde ein Wunsch erfüllt. Nicht etwa einen Fellbezug für das Lenkrad seines schnittigen VW K 70 oder eine Hydrokultur für die Garderobe oder einen multifunktionalen Beistelltisch oder einen 13 mal 18-Zentimeter-Abzug vom Foto seines Rauhaardackels Susi (auch wenn er all das auch sehr, sehr gern gehabt hätte). Nein, viel besser. Bei *Musik ist Trumpf*, dem großen Fernseh-Wunschkonzert mit Fernsehballett und Max Gregers Big Band! Melodien, die man nie vergisst, von Peter Frankenfeld, dem überzeugendsten Frackträger und charmantesten Showtreppen-Herunterschreiter aller Zeiten, ab 1975 23 Mal unvergessen präsentiert, bei unglaublichen samstäglichen Einschaltquoten von 48 Prozent, die womöglich auch den Comedy-Einlagen des Moderators (»Wie bereite ich eine leckere Bowle zu?«) zuzuschreiben waren. Tante Jutta-Sophie fand sie derart komisch, dass sie einmal sogar vor Lachen von ihrem höhenverstellbaren Fernsehsessel stürzte. Herr Wermelschmied jedenfalls hatte also keine Mühen gescheut und eigens eine Programmzeitschrift mit

Wunschcoupon gekauft, denselben gewissenhaft ausgefüllt und ausreichend frankiert eingesandt. Und so verdanken wir es ihm, dass die versammelte Fernsehnation »Du sollst der Kaiser meiner Seele sein« aus Franz Lehárs Operette *Juditha* irgendwann im kalten Februar 1979 zu hören bekam. Den tragbaren Fernseher, der unter allen Einsendern verlost wurde, hat er zwar nicht gewonnen, aber sein Name wurde verlesen. Frau Wermelschmied sagte später, sie sei ganz erstaunt gewesen, dass ihr Gatte *Juditha* überhaupt kenne, und wenn schon, dann hätte sie ja lieber »Deine Lippen, sie küssen so heiß« gehört. Oho, so kannte man die Gute gar nicht! Im Übrigen nahm man an, dass sie ein bisschen neidisch war, weil ihr Mann auf einmal eine kleine Berühmtheit in der Straße war. Das hielt aber nicht lange an. Denn dann kam es noch viel besser: Frau Meyer-Münzfeld hatte das strenge Auswahlverfahren – es sollte sich ja kein Kandidat vor ganz Deutschland blamieren – mit Erfolg durchlaufen und wurde zu Wim Thoelke eingeladen, der ab 1974 ein wenig ungelenk und temperamentlos, aber mit bäriger Gemütlichkeit über den stets in einer anderen historischen Postuniform auftretenden Briefträger Walter Spahrbier, den Berliner Taxifahrer Fritze Flink (alias Wolfgang Gruner), Wum & Wendelin, eine Chefassistentin (Beate – »Sieht sie nicht wieder bezaubernd aus?« –, die immer so hintergründig wissend lächelte) und drei normale Assistentinnen (Marianne, Silvia und Juanita, die immer einfach nur liebenswürdig lächelten) und den ungnädigen Notar Dr. Eberhard Gläser in *Der große Preis* (»Das heitere Spiel für gescheite Leute«) gebot. In ihrem Spezialgebiet »Spanische Weine und ihre Anbaugebiete« kannte Frau

Meyer-Münzfeld sich richtig gut aus. Und in einer der total futuristischen Kandidatenkugeln, ausgestattet mit modernsten Kopfhörern, Digitalanzeige und eigener Verschließassistentin, hätte jeder gern mal gesessen, um dann nach einem konzentrierten Blick auf die Multivisionswand: »Ich nehme A-Z 100«, zu verkünden und dann möglicherweise den Joker zu kassieren, die Glücksfrage gestellt zu bekommen oder aber das geisterbahnartige »Risikooooo!« zu hören. Thoelkes auf Letzteres unweigerlich folgende, die Fernsehgemeinde in Kollektivzittern versetzende Frage: »Wie viel setzen Sie?«, beantworteten insbesondere die Kandidaten, die weit abgeschlagen im Rückstand lagen, nicht selten mit einem todesmutigen »Alles!« – um hernach oftmals komplett blank dazustehen. In unserem Viertel brachte man Frau Meyer-Münzfeld also Anerkennung entgegen (sie hatte sogar die Masterfrage korrekt beantwortet), wenn auch der Herr mit dem Fachgebiet »Götter und Sagengestalten der griechischen Mythologie« noch ein bisschen mehr gewusst hatte und deswegen Champion wurde und sich damit die Einladung in die nächste Sendung sicherte. Aber letztlich kam ja alles der Aktion Sorgenkind zugute und außerdem hatte Frau Meyer-Münzfeld sich wacker geschlagen – anders als die Cousine von Frau Wirbelstein aus Altötting, die zwar eines Samstags Mitte der Siebziger mit ihrem Neffen in Rudi Carrells *Am laufenden Band* antrat und sich auch bei allen Spielen recht erfolgreich schlug, sich dann aber vor lauter Aufregung (»Ingeborg, bist du nervös!«) – denn doof war sie ja nicht – von all den tollen Sachen auf dem laufenden Band nur den Schirmständer und die Rollschuhe merkte – den Fernseher, die Waschmaschine, die Kamera, das

Bowleset, das Kaffeeservice, die Überraschungsfernreise und das Dampfbügeleisen aber hatte ziehen lassen. »Das wäre Ihr Preis gewesen«, schmetterte Rudi Carrell. Hörte man da etwa einen Funken Spott aus seiner Stimme? Nun, Spott wäre das Letzte gewesen, das Hans Rosenthal seinen Gästen gegenüber an den Tag gelegt hätte. Erstens war der deutsche Jude aus Berlin, der ab 1943 nach Jahren in einem Waisenhaus in einer Kleingartenanlage untergetaucht war, während sein kleiner Bruder nach Riga deportiert wurde, eh ein sehr freundlicher, besonders sympathischer Typ, zweitens waren seine Gäste, acht pro anderthalbstündiger Sendung (die erste lief 1971), ja auch Promis. Dafür verbreitete Hänschen (weil er so klein war) Rosenthal die unterhaltsamste Hektik der Fernsehgeschichte. Die ganze Show hieß *Dalli Dalli*: Ohne Zackigkeit, Schnelligkeit und Stoppuhr ging gar nichts, und als seien alle nicht schon hektisch genug, rief Rosenthal hochgradig involviert: »Weiter, weiter!«, wenn gerade wieder zwei Kandidaten Luftballons in Schubkarren verräumen mussten (Alfred Biolek und Thomas Gottschalk) oder riesige Pappschiffe durch riesige Pappbrücken manövrieren mussten (Ulrike Meyfahrt und Sepp Maier). Man wurde ja selbst ganz hibbelig, zu Hause im Frotteebademantel, meine Güte!
Der konkurrenzlose Höhepunkt der Unterhaltung war erreicht, wenn das Saalpublikum per Knopfdruck kundtat, dass zwei Kandidaten sich durch ihren grandiosen Einsatz und ihre gedankliche Leistungskraft als »Spitze!« (dafür gab's Extrapunkte!) erwiesen hatten. Ein ufoähnliches Gebilde unter der Studio-Berlin-Decke begann, sich zu drehen und zwitschernde Sirenentöne von sich zu geben. Rosenthal sah sich – stets

scheinbar überrascht – um, um dann bestens gelaunt zu rufen: »Sie sind der Meinung das war – Spitze!!!« Bei »Spitze!!!« schmetterte das ganze Publikum mit und Rosenthal sprang in die Luft, während die Technik für einen Moment das Bild einfror – damals war das technisch wohlgemerkt nicht ohne!
Nicht wegzudenken sind Assistentin Monica Sundermann (dieses Blond!), Schnellzeichner Oscar (ursprünglich Phantombildzeichner bei der Polizei), Heinrich Riethmüller als Bandleader und natürlich die Jury: Mady Riehl, Brigitte Xander und Ekkehard Fritsch, die die Punktezuteilung überwachte (»Ein ›Liebe machen‹ war doppelt, des müss ma leider obziehn«) und – Kult war das – den Gewinnbetrag, der meist an eine unverschuldet in Not geratene Familie ging, in Schillinge umrechnete.
Einmal, um 1981, durfte unser gestrenger Deutschlehrer Herr Lenzke als Nichtpromi bei der Dalli-Tonleiter antreten: Immer zwei Gegner saßen einander unter dem bunten Notenbogen gegenüber und beantworteten Fragen zur Allgemeinbildung, bis einer als Erster das hohe c ganz oben erreicht hatte. Ehrlich gesagt, hofften wir mit uneingestandener Häme ein bisschen darauf, dass Herr Lenzke sich blamierte und von seinem Gegner mit Oktavenabstand vorgeführt wurde. Herr Lenzke aber lieferte ein ebenso ausgeglichenes wie langweiliges Duell bis Note h, um dann an der Frage: »In welcher Stadt steht der höchste Kirchturm Deutschlands?«, zu unterliegen (nein, es ist eben nicht der Kölner Dom).
Nun denn, unsere Schlafanzüge hatten wir ja schon unter dem Frotteebademantel an. Ab ins Bett. In zwei Tagen, am Samstag, würde Hans-Joachim Kulenkampff mit *Einer wird gewinnen* frischen Wind in unser Wohnzimmer bringen.

# »Das Märrrrrrrchen vom Dorrrrnrrrröschen»

## Plattenspieler und Lieblingshörspiele

Wir Kinder lagen immer bäuchlings vor unserem Dualplattenspieler auf dem wollweißen Flokatiteppich und lauschten, zusammen mit 3 Millionen Hausstaubmilben, gebannt unseren gruseligen Märchenplatten. Ein Grund, warum damals alle Plattenspieler auf dem Teppichboden standen, könnte sein, dass man immer ein Ohr etwa 20 Zentimeter entfernt vor die briefmarkengroße Lautsprecheröffnung halten musste, um in den optimalen Hörgenuss zu kommen, und diese Haltung über die Spielzeit einer LP nur in Liegeposition möglich schien. Oder aber man versuchte das Gerät vielleicht deswegen möglichst unmittelbar der größten Staubquelle auszusetzen, weil die rituellen Säuberungen der Vinylplatten mit dem Samtkissenreiniger und die Befreiung der Saphirnadel von Wollmäusen schon zu den magischen Vorbereitungen des nachmittäglichen Hörspielzeremoniells gehörten. Wie auch immer – unser modernes Kompaktgerät in schwarzer Plastikzarge wies in der gebürsteten Alufront immerhin ganze zwei Funktionsknöpfe auf. Einen zum Ein- und Ausschalten und einen zum Regulieren der Lautstärke. Die Bedienung dieses hochtechnischen Gerätes (und natürlich auch die Plattenwahl) oblag ausschließlich den älteren Geschwistern. Wenn die gereinigte schwarze Scheibe auf dem Drehteller lag, musste behutsam der Tonarm aus der Fixierung gelöst, dann über den Plattenrand gehoben und schließlich mit größter Vorsicht abgesenkt werden. Schon die ersten Knistergeräusche in der Vorlaufrille bedeuteten angespannte Vorfreude. Dann – die einsetzende Stimme von Hans Paetsch, dem Märchenonkel der Nation: »Das Märrrrrrrchen vom Dorrrrnrrrröschen.« Wir belauschten, wie böse Feen kreischten, ein anderes Mal, wie Fersen abgehackt oder arglose Kinder verschleppt wurden, wie feine Töchter flehentlich wimmerten, Verließtüren für immer ins Schloss fielen und Bäuche bei lebendigem Leibe aufgeschlitzt wurden. Wer in seiner Kindheit Märchenplatten gehört hat, der fürchtet sich heute im Leben entweder vor gar nichts mehr oder aber er war seit 40 Jahren nie mehr allein im Wald. Um ehrlich zu sein, hatten wir zartbesaiteten Schwestern einige Tricks auf Lager, um uns vor den schaurigsten Stellen zu drücken. Erstens: die Geschwindigkeit des Plattentellers von 33 Umdrehungen auf 45 Umdrehungen pro Minute umstellen und schon klang die schauerliche Stimme der bösen Hexe absolut piepsig und befreiend lächerlich. Zweitens: durch einen gezielten Schlag auf die Außenseite des Gerätes die Nadel zum Hüpfen bringen, um so die unliebsame Stelle zu überspringen. Drittens: unauffällig das Zimmer verlassen, um angeblich auszutreten, und schließlich die radikalste Lösung: die unwiederbringliche Trennung von der Gruselstelle. Durch gefühlvollen Druck auf den Kopf des Tonabnehmers konnte man mit der Diamantnadel einen sauberen, geringel-

ten Vinylspan aus der Platte fräsen und war so die belastende Sequenz für immer los – freilich mit dem Nachteil verbunden, fortan dem Tonabnehmer immer manuell über die künstliche Schlucht verhelfen zu müssen, aber die Leber (oder war es das Herz?) von Schneewittchen war auf diese Weise für immer vor der bösen Schwiegermutter gerettet.
Der häufige und nicht immer ganz sanfte Umgang mit dem empfindlichen Gerät hinterließ natürlich nicht nur auf den Tonträgern seine Spuren. Wir wussten uns zu helfen und korrigierten den ausgeleierten Tonarm durch die Auflage von Gewichten und fixierten die Nadel mit einem Mäntelchen aus Watte, und schon konnten unsere Bauernhofspielfiguren wieder munter auf dem Plattenteller Karussell fahren.
Was für eine Erleichterung, als etwa Kasperleplatten die sehr persönlich verkratzten Märchenplatten ablösten und eine neue Ära im Umgang mit dem Bösen anbrach. Der immer bestens gelaunte, viel zu schnell sprechende Kasperle (der heutzutage längst mit Ritalin ruhiggestellt worden wäre) zeigte sich Autoritäten und Bösewichten gegenüber gewitzt, respektlos und frei von jeglicher Angst. Mit: »Liebe, süße Frau Hexe«, oder: »Grüß dich Gott, lieber Teufel!«, lockte er das ultimativ Böse erst an, um es sogleich mit groben Schlägen mit der Pritsche für immer zu vertreiben. So war nicht nur Winzenbutzhausen gerettet, sondern auch für ausgelassene ADHS-Stimmung im trauten Heim gesorgt. Langohr, Schlappohr und Stummelschwänzchen färbten ihre Eier bei uns zu allen Jahreszeiten, der Kinderchor Schleswig schmetterte auch im Hochsommer »Süßer die Glocken nie klingen« und Will Quadflieg las auch bei 30 Grad im Schatten vom Büblein auf dem Eise. Bum-

mi verhaute täglich kleine Jungs, und wenn sogar wir das Gekreische des Hui-Buh-Sprechers Hans Clarin nicht mehr aushielten, dann ließen wir auch mal den dumpfen Plantagenbär Berry durch unser Wohnzimmer stapfen. »Heißa, du lustiger Kieselstein!« – wahrscheinlich haben wir Monate unserer Kindheit vor unserem Plattenspieler verbracht, denn noch heute können wir Schwestern unsere Lieblingsplatten mitsprechen – Sprünge und Knisterfelder selbstverständlich mit eingeschlossen – und wir haben uns dank der Hörspiele höchst befremdliche Eigenarten bewahrt. So können wir nicht umhin, wie einst Pumuckl, lauthals: »Muschi! Muschi! Ja wo ist sie denn bloß!«, zu kreischen, wenn wir nach vermissten Dingen suchen, und wir haben von Kasperle fürs Leben gelernt: »Damen mit herrlichen Kaltspeisen muss man sich warm halten … Bombengranatenelementblitzplotzdonnerwettersaperamentnochmal!«

## Auswahl beliebter Hörspiele:

| | |
|---|---|
| ◆ Pippi Langstrumpf | 1965 Deutsche Grammophon |
| ◆ Gutenachtgeschichten | 1966 Europa |
| ◆ Der Zwerg Nase/Kalif Storch | 1966 Europa |
| ◆ Tom Sawyer und Huckleberry Finn | 1967 Europa |
| ◆ Die Irrfahrten des Odysseus | 1967 Europa |
| ◆ Der Schatz im Silbersee | 1968 Europa |
| ◆ Kasperles lustige Streiche (1) | 1968 Europa |
| ◆ Rübezahl | 1968 Europa |
| ◆ Winnetou I | 1968 Europa |

| | |
|---|---|
| ◆ Hui Buh, das Schloßgespenst (1) | 1968 Europa |
| ◆ Dornröschen/Hans im Glück | 1969 Europa |
| ◆ Pumuckl und der Schmutz<br>Pumuckl und die Katze | 1969 Karussell |
| ◆ Der Räuber Hotzenplotz | 1970 Philips |
| ◆ Die goldene Gans/Jorinde und Joringel | 1970 Europa |
| ◆ Die kleine Hexe | 1971 Philips |
| ◆ Hanni und Nanni<br>sind immer dagegen (1) | ab 1971 Europa |
| ◆ Der Schut (3. Abenteuer des<br>Kara Ben Nemsi | 1972 Europa |
| ◆ Das kleine Gespenst | 1972 Philips |
| ◆ Die Hexe Schrumpeldei (1) | 1973 Europa |
| ◆ Pumuckl will eine Uhr haben/<br>Pumuckl ist an gar nichts schuld | 1973 Karussell |
| ◆ Kasperle und das Hutzliputzli-<br>Bienenwachs | 1974 Europa |
| ◆ Commander Perkins | 1976 Europa |
| ◆ Michel aus Lönneberga | 1976 Philips |
| ◆ In 80 Tagen um die Welt | 1976 Europa |
| ◆ Dracula | 1976 Europa |
| ◆ 20 000 Meilen unter dem Meer | 1977 Europa |
| ◆ Kapitän Hornblower | 1977 Europa |
| ◆ Fünf Freunde 1–15 | ab 1978 Europa |
| ◆ Die drei ??? und der Superpapagei | ab 1979 Europa |

# Bewegende Ereignisse

01. Januar 1970 Einer achtköpfigen Familie gelingt die Flucht aus der DDR über die zugefrorene Elbe nach Niedersachsen.

19. März 1970 »Willy, Willy …!«, rufen die Ostdeutschen. Bundeskanzler Willy Brandt und das Staatsoberhaupt der DDR, Willi Stoph, treffen sich in Erfurt zum ersten deutsch-deutschen Gipfel.

10. April 1970 Die Beatles geben ihre Auflösung bekannt.

14. Mai 1970 Die geplante gewaltsame Befreiung des inhaftierten Andreas Baader während eines Interviews mit der Journalistin Ulrike Meinhof gilt als Geburtsstunde der RAF.

21. Juni 1970 Brasilien besiegt bei der Fußballweltmeisterschaft in Mexiko Italien mit 4 : 1. Die Deutsche Mannschaft belegt den dritten Platz.

05. September 1970 In Monza verunglückt der österreichische Formel-1-Pilot Jochen Rindt tödlich. Da er zu diesem Zeitpunkt unangefochten die Weltrangliste anführt, wird er posthum zum Weltmeister erklärt.

Name, Vorname

Straße, Hausnummer

PLZ, Ort

Telefon

E-Mail

Diese Postkarte lag im Buch: ……………………

Ich bin auf das Buch aufmerksam geworden durch:

Internet    Buchhandel    Presse    Freunde/Bekannte/Familie

Sonstiges: ……………………

Sie dürfen mich auch gerne telefonisch kontaktieren

Ja, ich möchte den kostenlosen Newsletter zu Ihren Highlights, Specials und Sonderangeboten per E-Mail erhalten

Datum, Unterschrift

Ich erkläre mich damit einverstanden, dass meine freiwilligen Angaben zusammen mit den für die Abwicklung des Geschäftsvorfalls erforderlichen Angaben vom mvg Verlag, seinen Dienstleistern sowie anderen ausgewählten Unternehmen für Marketingzwecke genutzt werden, um interne Marktforschung zu betreiben und um mich über interessante Angebote zu informieren. Sollte ich dies nicht mehr wünschen, kann ich dies jederzeit schriftlich mitteilen.

Bitte freimachen, falls Marke zur Hand

Antwortkarte

**mvg Verlag**
Nymphenburger Str. 86
D-80636 München

18. September 1970 Der afroamerikanischer Gitarrist, Sänger und Komponist Jimi Hendrix stirbt an den Folgen seines exzessiven Drogenkonsums mit 27 Jahren.

07. Dezember 1970 Ein Bild geht um die Welt: Bundeskanzler Willy Brandt fällt bei der Kranzniederlegung vor dem Mahnmal im ehemaligen Warschauer Ghetto spontan auf die Knie.

08. Februar 1971 Der Haarnetzerlass von Verteidigungsminister Helmut Schmidt erlaubt es Bundeswehrsoldaten, unter Haarnetzen modische, lange Mähnen zu tragen.

03. Mai 1971 Erich Honecker wird Erster Sekretär des Zentralkomitees der DDR.

06. Juni 1971 »Wir haben abgetrieben!« 374 Frauen gestehen im Magazin *Stern*, gegen den § 218 verstoßen zu haben.

Und noch ein Skandal am selben Tag: Es wird bekannt, dass in der Fußball-Bundesliga mehrere Begegnungen durch Geldzahlungen in ihrem Ausgang beeinflusst worden waren.

10. Dezember 1971 Willy Brandt erhält für seine Bemühungen in der Ostpolitik den Friedensnobelpreis.

27. April 1972 Das konstruktive Misstrauensvotum gegen Bundeskanzler Willy Brandt wegen seiner Ostpolitik scheitert mit 247 zu 249 Stimmen. Heute weiß man, dass mehrere CDU-Abgeordnete geschmiert worden waren, um im Interesse der SPD abzustimmen.

26. Mai 1972 US-Präsident Richard Nixon und das Staatsoberhaupt der UdSSR Leonid Breschnew unterzeichnen die SALT-Verträge zur nuklearen Rüstungsbegrenzung.

18. Juni 1972 Deutschland holt sich in Brüssel zum ersten Mal den Fußball-Europameister-Titel mit einem 3 : 0 gegen die Sowjetunion.

26. August 1972 Die XX. Olympischen Spiele werden in München eröffnet.

05. September 1972 Die palästinensische Terrororganisation »Schwarzer September« überfällt das Quartier der israelischen Olympiamannschaft und nimmt Geiseln. Bei der unglücklichen Befreiungsaktion sterben 17 Menschen.

13. Oktober 1972 Absturz einer Uruguayan-Air-Force-Maschine in den Anden. 16 der Insassen überleben durch Kannibalismus.

19. Oktober 1972 Heinrich Böll erhält als erster deutscher Autor der Nachkriegszeit den Nobelpreis für Literatur.

01. Januar 1973 Der Grundwehrdienst wird von 18 auf 15 Monate verkürzt.

08. April 1973 Der berühmte spanische Maler Pablo Picasso stirbt.

16. Oktober 1973 Beginn der Öl- und Wirtschaftskrise, nachdem die OPEC beschließt, den Ölpreis um 70 Prozent anzuheben.

25. November 1973 Erster von vier autofreien Sonntagen wegen der überhöhten Benzinpreise

17. Januar 1974 Legendärer Fernsehauftritt von Uri Geller bei Wim Thoelkes Show *Drei mal Neun*, bei der Geller angeblich durch reine Gedankenkraft stehen gebliebene Uhren wieder zum Laufen brachte und Besteck verbog, ohne es zu berühren.

06. April 1974 ABBA gewinnt mit »Waterloo« den Grand Prix Eurovision de la Chanson in Brighton.

06. Mai 1974 Bundeskanzler Willy Brandt tritt zurück, nachdem sein persönlicher Referent Günter Guillaume als DDR-Spion entlarvt wurde.

16. Mai 1974 Helmut Schmidt wird Bundeskanzler.

22. Juni 1974 »Sparwasser, Sparwasser … Tor!« Unglaublich! Die Mannschaft aus der DDR besiegt bei der WM in Deutschland mit diesem Treffer in einem Vorrundenspiel die westdeutsche Mannschaft.

07. Juli 1974 (West)Deutschland ist Weltmeister! Im WM-Finale in München siegt die deutsche Mannschaft überraschend mit 2 : 1 gegen die Favoriten aus den Niederlanden.

21. Juli 1974 Der belgische Radrennfahrer Eddy Merckx gewinnt zum fünften Mal die Tour de France.

09. August 1974 US-Präsident Richard Nixon tritt wegen seiner Verstrickungen in der Watergate-Affäre zurück.

04. Dezember 1974 Der französische Philosoph Jean Paul Sartre besucht den in Stammheim inhaftierten Andreas Baader. Sartre kritisiert die Isolationshaft und löst damit in Deutschland heftige Debatten aus.

01. Januar 1975 Die Volljährigkeit wird von 21 auf 18 Jahre herabgesetzt.

25. Februar 1975 Das Bundesverfassungsgericht erklärt die dreimonatige Fristenlösung bei einem Schwangerschaftsabbruch für verfassungswidrig.

30. April 1975 Ende des Vietnamkriegs

16. Mai 1975 Die Japanerin Junko Tabei bezwingt als erste Frau den Mount Everest.

August 1975 Flächenbrände nach einer Hitzewelle vernichten fast 15 000 Hektar der Lüneburger Heide. Mehrere Menschen verlieren ihr Leben.

01. Januar 1976 Wegen der stark gestiegenen Zahl von Verkehrstoten wird das Anschnallen auf den Vordersitzen Pflicht und Kinder unter 12 Jahren müssen hinten sitzen.

14./15. Februar 1976 Bei der Winter-Olympiade in Innsbruck gewinnt Rosi Mittermeier überraschend zweimal Gold und einmal Silber.

23. April 1976 In Ostberlin wird feierlich der »Palast der Republik« eröffnet.

09. Mai 1976 Ulrike Meinhof wird erhängt in ihrer Zelle in Stuttgart-Stammheim aufgefunden.

19. Juni 1976 König Carl XVI. Gustaf von Schweden heiratet die bürgerliche Deutsche Silvia Sommerlath, die er als Hostess bei den Olympischen Spielen in München 1972 kennengelernt hatte.

01. Juli 1976 Änderung des Namenrechtes. Frauen müssen nun nicht mehr zwingend den Namen ihres Ehemannes annehmen.

04. Juli 1976 Der Schwede Björn Borg gewinnt zum ersten Mal das Turnier von Wimbledon. Er wird es auch in den darauffolgenden vier Jahren gewinnen.

01. August 1976 Der österreichische Formel-1-Pilot Niki Lauda verunglückt beim Großen Preis von Deutschland auf dem Nürburgring schwer.

Vier Tage lang schwebt er in Lebensgefahr, sechs Wochen später sitzt er wieder im Cockpit.

30. Oktober 1976 Die erste Großdemonstration mit über 5 000 Teilnehmern gegen Atomkraft am Bauplatz des Atomkraftwerks Brokorf (Schleswig-Holstein) gilt als Geburtsstunde der Anti-Atomkraft-Bewegung. Etwa 2 000 Demonstranten brechen gewaltsam in die Baustelle ein, um sie zu besetzen. Das Gelände wird von der Polizei gewaltsam geräumt.

16. November 1976 Der ostdeutsche Liedermacher Wolf Biermann wird während seiner Tournee in der BRD von der DDR ausgebürgert.

14. Dezember 1976 Der Industriellensohn Richard Oetker wird entführt und in einer Kiste gefangen gehalten. Gegen die Rekordlösegeldzahlung von 21 Millionen D-Mark kommt er 49 Stunden später frei.

01. Juli 1977 Das neue Eherecht tritt in Kraft. Bisher durften Ehefrauen nur berufstätig sein, wenn sie dadurch die Haushaltsführung nicht vernachlässigten. Ein Ehemann konnte aus diesem Grund den Arbeitsvertrag seiner Frau kündigen. Gleichzeitig waren Ehefrauen zur unbezahlten Mitarbeit im Geschäft des Mannes verpflichtet.

30. Juli 1977 Die RAF tötet den Vorstandssprecher der Deutschen Bank, Jürgen Ponto.

16. August 1977 Elvis Presley stirbt in Graceland.

26. August 1977 Rosemarie Ackermann überspringt als erste Frau der Welt die 2-Meter-Marke.

5. September 1977 Die RAF entführt den Arbeitgeberpräsidenten Hanns Martin Schleyer, um inhaftierte RAF-Mitglieder freizupressen. Er wird einen Tag nach der Befreiung der »Landshut« ermordet aufgefunden.

9. Oktober 1977 »Der Aufmacher« von Günter Wallraff erscheint. Darin berichtet der Enthüllungsautor, der sich vier Monate als falscher Reporter bei der *Bild* eingeschleust hatte, über die fragwürdigen Praktiken der Boulevard-Journalisten.

18. Oktober 1977 Die GSG9 stürmt in Mogadischu (Somalia) die von palästinensischen Terroristen entführte Lufthansa-Maschine »Landshut« und befreit nach fünf Tagen die 86 Passagiere. Die Terroristen Andreas Baader, Gudrun Ensslin und Jan-Carl Raspe begehen in derselben Nacht im Gefängnis Selbstmord.

19. Januar 1978 Der letzte in Deutschland produzierte VW-Käfer rollt vom Band.

08. Mai 1978 Reinhold Messner und sein österreichischer Begleiter Peter Habeler bezwingen den Mount Everest als erste Bergsteiger ohne Sauerstoffgeräte.

21. Juni 1978 Die Schmach von Cordoba! Bei der Fußball-WM in Argentinien scheidet die deutsche Mannschaft mit einem 2 : 3 gegen Österreich frühzeitig aus.

11. Juli 1978 In Los Alfaques in Katalanien kommt ein mit Propylengas befüllter Tanklastwagen von der Straße ab und

explodiert auf einem Campingplatz. 217 Menschen sterben, darunter viele deutsche Urlauber.

25. Juli 1978 Louise Joy Brown, das erste Retorten-Baby der Welt, kommt in der Nähe von Manchester zur Welt.

28. September 1978 Papst Johannes Paul I. stirbt nach nur 33 Tagen Amtszeit. Zum Nachfolger wird drei Wochen später Karol Wojtyla gewählt, der sich den Namen Papst Johannes Paul II. gibt.

28. November 1978 Die IG-Metall beginnt einen sechswöchigen Streik um die 35-Stunden-Woche.

4. Januar 1979 Einer der beliebtesten deutschen Entertainer, Peter Frankenfeld, stirbt.

3. Mai 1979 Margret Thatcher, die »Eiserne Lady«, wird mit überwältigender Mehrheit zur ersten Premierministerin Großbritanniens gewählt und regiert bis 1990.

16. September 1979 Zwei Familien gelingt die spektakuläre Flucht aus der DDR mit einem selbst gebauten Heißluftballon.

17. Oktober 1979 Mutter Teresa erhält den Friedensnobelpreis.

Dezember 1979 Sowjetische Truppen besetzen Afghanistan.

# »Ob ihr recht habt oder nicht, sagt euch gleich das Licht!«

## Kinderfernsehen

*1, 2 oder 3* mit Michael Schanze wurde zum ersten Mal 1977 ausgestrahlt. Es war die erste Fernsehrateshow für Kinder mit dem ersten Showmaster, der im deutschen Fernsehen Turnschuhe trug. In jeder Sendung trat eine dreiköpfige Abordnung einer Grundschulklasse aus Deutschland gegen ein Team aus der Schweiz und drei Viertklässlern aus Österreich an. Der erfolgreichsten Ratemannschaft winkten 300 D-Mark für die Klassenkasse. Die Kandidaten konnten sich zwischen drei möglichen Antworten auf eine Sachfrage entscheiden. Eine Raterunde wurde dann mit dem Kommandoruf: »*Aufgepasst auf mein Plopp, denn Plopp heißt Stopp*«, beendet, und dann ploppte der immer bestens gelaunte Michael Schanze, indem er einen Zeigefinger tief in seine Backentasche steckte, um ihn dann kraftvoll zur Mundöffnung wieder rausfloppen zu lassen. Von nun an unterschied man nicht nur Zungenroller von Nichtrollern, sondern auch Backentaschenplopper von Maultaschenschwächlingen.

Aber das Tollste in der Sendung war das Kamerakind. Zu Beginn der Show schwenkte eine Kamera durchs Publikum und zoomte ein ungläubig guckendes Kind heraus, das dann während der Sendung eine echte Fernsehkamera bedienen durfte. Einige der gefilmten Sequenzen, die für die Fernsehzuschauer durch einen farbigen Rahmen kenntlich gemacht waren, wurden dann während der Sendung eingespielt. Das war einzigartig und noch faszinierender als die Vorstellung, auch mal dabei zu sein und am Ende einer Sendung sechs silbermatte Gewinnpunktbälle aus der Sammelstandröhre gegen ein echtes Farbfernsehgerät eintauschen zu können.

## Sendungen, die man auf keinen Fall verpassen wollte:

### A

Am dam des

### B

Barbapapa
Black Beauty
Bonanza

### C

Calimero
Catweazle

### D

Daktari
Das feuerrote Spielmobil
Der Hase Cäsar
Der rosarote Panther
Der Spatz vom Wallraffplatz
Dick und Doof
Die Biene Maja
Die kleinen Strolche
Die Maus auf dem Mars
Die Muppetshow
Die Wombels

### E

Emm wie Meikel
Es war einmal der Mensch

### F

Ferien auf Saltkrokan
Flipper
Fury

### H

Heidi
Herr Rossi

# K

Kli-Kla-Klawitter

# L

Lassie
Lemmi und die Schmöker
Luzie, der Schrecken der Straße

# M

Maxifant und Minifant
Michel aus Lönneberga

# N

Neues aus Uhlenbusch

# P

Pan Tau
Pinocchio
Pippi Langstrumpf
Plumpaquatsch
Professor Balthazar
Pumuckl

# R

Rappelkiste
Robbi, Tobbi und das Fliwatüüt

# S

Spiel ohne Grenzen

# T

Timm Thaler
Trickfilmzeit mit Adelheid

# U

Unsere kleine Farm

# V

Väter der Klamotte

# W

Wickie

# Z

Zorro

# Freiheit statt Förderprogramm

## Spielen und Spiele

Wir Kinder der wilden Siebziger haben sie noch kennengelernt: die grenzenlose Freiheit. Wir wurden nicht behütet wie chinesische Ming-Vasen. Nachmittags waren wir draußen, bis die Straßenlaternen angingen – nicht in künstlichen Auslaufgehegen mit TÜV-geprüften Klettergeräten auf DIN-gerechtem Rindenmulchfederboden – sondern in der uneingezäunten Wildnis der Kleinstadt – alleine! Kein Mensch wusste, wo und mit welch bildungsfernen Kindern von Schiffschaukelbremsern wir uns herumtrieben. »Beeil dich! – Wir müssen zum Diplomrhythmiker!« (respektive zum Polo oder zur ADS-Selbsthilfegruppe), bekamen wir nie zu hören. Wir kannten noch keine Überforderungsängste und keinen Pisa-Stress. Nach den Hausaufgaben hatten wir frei. Die Lust, etwas entdecken zu wollen, kam aus uns selbst und wir hatten dafür genügend Raum und Zeit. Wir holten uns Baumaterial vom Schrottplatz und zimmerten Hütten im Wald, stauten Bäche, versuchten auf Schweinen zu reiten, experimentierten die Leitfähigkeit eines Pipistrahls am Weidezaun, aßen (als Mutprobe) Regenwürmer, rasten ohne Helm mit Klapprädern (die ihre besondere Funktion mitunter sehr spontan selbstständig demonstrierten) durch die Kleinstadt, kletterten über Zäune, zerrissen Hosen und durften dreckig sein. Wir hatten keine Brotzeitbox mit Ökokeksen und Bioäpfelschnitzen eingepackt bekommen und verhungerten trotzdem nicht, und niemand trocknete uns nach dem Schwimmen die Zehenzwischenräume; wir brauchten kein Taschengeld für teure Computerspiele und hatten kein Handy mit; wir fanden noch ohne GPS zur abgesprochenen Uhrzeit wieder nach Hause und wenn es Ärger gab, waren wir ganz alleine dafür verantwortlich. Verhaltensauffällige Testosteronkobolde tobten sich auf dem Bolzplatz aus, schlägerten mit Gleichgesinnten und schossen mit Steinschleudern auf Blechdosen, statt als vermeintlich Hochbegabte nachmittags – mit Ritalin gedopt – chinesische Schriftzeichen abpinseln zu müssen. Bei Familien mit durchschnittlich mehr als drei Kindern lastete die Konzentration nicht auf dem Einzelnen, auf welchen alle Sehnsüchte und Erwartungen der Eltern hätten projiziert werden können. Es genügte, wenn es einer (der Söhne!) auf eine höhere Schule schaffte. Draußen spielten wir zusammen Spiele mit vielen Kindern, für die man allerhöchstens einen Ball oder einen Hosengummi benötigte. Für Spiele wie »Wer fürchtet sich vor dem schwarzen Mann?«, »Der Kaiser schickt Soldaten aus«, »Kaiser, Kaiser wie viel Schritte darf ich gehen?«, »Ochs am Berg … – 1, 2, 3« und »Fischer, Fischer, welche Fahne weht heute?« genügten wir Kinder uns selbst. Kein Erwachsener leitete diese Spiele an oder fungierte als Schiedsrichter. Das schafften wir alleine. Nur an Geburtstagen gab es organisierte Spiele. Mehlschneiden, Schokolade essen mit Messer und Gabel, Mütze, Handschuhen und Schal, Topfschlagen und die Reise nach Jerusalem waren besonders beliebt. Heute mieten Mütter für die Geburtstagspartys ihrer Einzelkinder Hallenbäder, Zirkusmanegen und Kartbahnhallen an. Das ist einfacher, denn Jonas hat Mehlstauballergie und Annabell darf nur Biozartbitterschokolade essen und außerdem gefallen ihr die Handschuhe und die Mütze nicht, Topfschlagen hat für Kinder seinen Reiz verloren, weil keine Wii-Games unter dem Topf versteckt werden, und Ruben-Elias verweigert grundsätzlich Spiele, bei denen man ausscheiden kann, weil er bereits mit zweieinhalb Jahren im Kinderladen gemobbt wurde. Die 25 geladenen Tränenwerfer erhalten nach der Zaubershow eines einbestellten Profikünstlers als Dank fürs Kommen dann noch ein Überraschungspaket im Wert von je 15 Euro und erzählen später zu Hause, dass die Party voll babysch gewesen wäre. Wie leicht konnte man uns eigentlich noch beeindrucken? Wir von der Generation Testbild standen erst am blutigen Beginn der Reizüberflutung. Unser erstes Videospiel, das zu zweit am Fernsehbildschirm gespielt wurde, hieß Pong oder auch Teletennis und bestand darin, zwischen zwei senkrechten Strichen (Schlägern) am seitlichen Bildschirmrand ein quadratisches Etwas (Tennisball) in Zeitlupe über die Mittellinie eines ansonsten komplett schwarzen Feldes hin und her zu schubsen. Fehltreffer wurden zugunsten des Gegners gezählt und am oberen Bildschirmrand in digitalen Zahlen angezeigt – das war's! Das Fernsehangebot für Kinder wurde in den Siebzigern kontinuierlich erweitert und heimlich, still und leise zog immer mehr Plastik in unsere Spielzimmer ein. Kunststoffgussspiele wie »Mastermind« oder das Strategiespiel »Vier gewinnt« lösten die guten alten Brettspiele mit den abgefingerten Holzspielsteinen ab. Plastiksteckspiele,

Lego-Steine und Playmobil-Figuren füllten ausrangierte, immer noch reinlich duftende alte Dash-Waschmitteltrommeln. Und ab Mitte des Jahrzehnts gab es endlich auch Lego-Bausätze nur für Mädchen: das Krankenzimmer mit Krankenschwester, im Frisiersalon und das Heimchen am Herd – danke!

**»Ich wünsche mir eine Negerpuppe« und andere Kinderträume aus den Siebzigern:**

## Slime

1976 brachte Mattel (danke für alles) eine kleine grüne Mülltonne mit giftig-grünem, glitschigem, zähem Schleim auf den Markt. Allein das Berühren kostete Überwindung, aber Tante Hedwigs schreckweite Augen, wenn sie auf die Schwabbelpaste in Kinderhand blickte, waren es allemal wert. *Slime* klebte nicht, aber bei intensiver Nutzung blieben doch Krümel und Körnchen und Fädchen hängen und der glibbelige Schlonz wurde noch viel ekliger. Wer brauchte da schon das Folgeprodukt *Slime mit Würmern*?

## Hüpfball

Die Haare flogen nur so wie ein wieder und wieder gelupfter Topfdeckel, wenn man erst einmal richtig Schwung hatte (und Vati den Ball richtig aufgepumpt hatte). Die Bälle gab es in diversen Kreischfarben und gern mit einem albernen Lachgesicht vorne drauf. Als Griffe dienten entweder ein unpraktischer Hartplastikbogen oder zwei phallusartige Riesenfühler. Der Hit war das Modell Barbapapa: Neidfaktor zwölf von zwölf. Auch Erwachsene verschmähten eine Runde auf dem runden Hopspömpel nicht. Das konnte allerdings übel enden, wie geschehen bei Tante Isolde, die von der angepeilten Hüpfbahn abkam und ihre eigenen ebenso mühe- wie liebevoll herangehegten Fleißigen Lieschen niederwalzte, als sie sich seitlich verhüpfte und im Beet aufdotzte.

## Big Jim und die anderen Spackos

Endlich bekam Barbie eine vernünftige Auswahl an richtigen Männern. Seit 1961 hatte sich das Vollweib mit dem kastrierten Umgehungsstraßenbefürworter Ken zufriedengeben müssen. Dem verging nun sein eitles Blendax-Grinsen, als 1972 die Bodybuilder Big Jim und der Afroamerikaner Big Jack aufkreuzten. Die beiden hatten was in der Hose, das konnte man von Weitem sehen, auch wenn die Boxershorts vorsorglich vom Hersteller mit deren Körpern verschmolzen worden waren. Drückte man auf ihren Rücken, schwoll immerhin deren Bizeps auf eindrückliche Größe an. Ein Jahr später versuchte der bärtige Holzfäller Big Josh, der immer ein zerschmetterbares Rundholz (aus Plastik) mit sich führte, den beiden Anabolikanern durch seine satten Karateschläge die Show zu stehlen. Meine Barbie ließ sich von dem Mann aus der Wildnis mit dem Alpakagesicht nicht beeindrucken, sie entschied sich für den gebräunten Florida-Beachboy Big Jeff, der ihr erstmalig 1976 in der Badehose des Erfolgschwimmers Mark Spitz begegnete. Es war Liebe auf den ersten Blick! 1980 zog sich das Paar übrigens überraschend mit ihrer eindrücklichen Glitzerklamottensammlung in einen Speicher eines Einfamilienhauses im bayerischen Voralpenland zurück.

## Boing-Ball

Ein Muss in den Siebzigern. Die Liegewiesen von städtischen Cellulite-Centern waren wie versponnen mit den Schnüren dieser Spielgeräte, die zwei Spieler mit etwa zweieinhalb Metern Abstand zwischen sich an Plastikgriffen gespannt hielten. Durch kräftiges, ruckartiges Auseinanderreißen der Arme, konnte man einen rugbyförmigen Kunststoffball, der wie eine Perle auf die Schnüre gefädelt war, zwischen sich hin und her schicken. Wenn das rasende Zäpfchen gegen die Griffe dotzte, dann machte es »Boing« und das Gegenüber freute sich wie ein Schnitzel, denn nun hatte es neben seinem Sonnenbrand auf den Schultern auch noch einen Boing-Punkt bekommen. Respekt!

## Klick-Klack-Kugeln

Uschi war die Klick-Klack-Königin. Die beiden schweren Klick-Klack-Kugeln, die an Seilen hingen und über einen Ring miteinander verbunden waren, schlugen im rhythmischen Wechsel einmal über, und dann wieder unter ihrem blau unterlaufenen Handrücken mit penetrant lautem Klacken aneinander. Sie hatte für diesen Titel einige Opfer gebracht. Ihre Hände waren schwielig und ihre Unterarme von Blutergüssen übersäht. Warum Klacker-Queen Uschi eines Tages nur noch einen Schneidezahn hatte, blieb ihr Geheimnis. Als sich irgendein grobmotorischer Grundschüler aus Hamburg mit einer der unberechenbar am Seil rotierenden Kugeln nicht nur das Brillenglas, sondern auch noch sein Nasenbein zerschmettert hatte, bedeutete dies damals nicht dessen sofortige

Freistellung von sämtlichen Geschicklichkeits- und Reaktionsspielen, sondern das Verbot von Klick-Klack-Kugeln auf vielen deutschen Schulhöfen. Pech gehabt, Uschi!

## Bonanzafahrrad

Böse Zungen behaupteten, das sei der Ghetto-Ersatz-Chopper für Arme, Minderjährige und Nichtamerikaner gewesen, aber wir wissen es besser: Dieser aufgemotzte Teenagerwegbereiter war Kult! Jungs, denen der lässige Ansitz auf einem Bonanzarad in Fleisch und Blut übergegangen war, hatten es später bedeutend leichter bei den Mädels. Ein Bonanzarad war in aller Regel orange, gelb oder hellgrün und hatte einen Bananensattel mit Rückenlehne (ungepolstert war astrein, versteht sich), einen Hirschgeweihlenker und eine Drei-Gang-Nabenschaltung mit phallusverdächtigem Riesenhebel mitten auf der Querstange. Aufgepimpert wurde der Easy-Rider-Light-Bock mit Wimpeln, Rallyestreifen auf dem Schutzblech, gestreift umwickelten Bremskabeln und so vielen Reflektoren, wie die Speichen fassten. Die richtigen Checker hatten noch einen Fuchsschwanz an einer Teleskopstange und einen Spiegel am Hochlenker. Die Federung der Vorderräder war Fake, aber das störte keinen großen Geist. Cooler konnte man nicht aufs Mofaalter warten.

## Monchichi

Es sollte ein niedlicher Affe sein. Die Viecher hatten aber eher Kleinkindergesichter in orangefarbenem Hartplastik mit einem schwarzen Punkt auf der Nase. Den abgestreckten Plastikdaumen und die große Plastikzehe konnte man den seltsamen Fellwesen in die Mundöffnung stecken. Meine Güte! Wäre ja fast was für Beate Uhse gewesen. Hässlicher war später nur noch die faltige Knautschpuppe in Gestalt des Außerirdischen E.T.

## Shaker Maker

Nieder mit Steiff, Käthe Kruse und Ostheimer! Elitärer Firlefanz, blöde Naturmaterialien, Schlaumeierschnickschnack! Wir lebten im Jahrzehnt des Plastiks! Zum Glück gab es Firmen wie die Ideal Toy Company, die das erkannt und goldrichtig reagiert hat, indem sie etwas auf den Markt schlonzten, das rasch zu den ganz großen Begehrlichkeiten zählte: Eine Plastikpampe, die man höchstselbst aus Magic-Mix-Pulver und Wasser shakte, um sie dann in eine aufgestülpte Form (unter anderem zu haben als Hulk, Batman, Fred Feuerstein, Wombel oder Pluto) sacken zu lassen, wo sie schnell polymerisierte (allerdings, so nennt man das, wenn ein bestimmter Chemiecocktail fest wird) und ein kleines, unansehnliches, zunächst noch puddingweiches Figürchen daraus entstand, bei dessen Anblick sich doch eigentlich Enttäuschung hätte breitmachen müssen. All die Mixfaxen für diesen Quadratschrat? Von wegen. Die kleinen pummeligen Dinger waren heiß begehrt. Sie trockneten ein paar Tage lang, schrumpften dabei zusammen, wurden noch pröngeliger und konnten dann nach Lust und Laune bemalt und mit Federchen, Fädchen und Fetzchen ausstaffiert werden. O yeah, Shaker Maker, was für ein Magic-Murks!

## Quartett

Interessieren Sie sich für Gabelstapler? Nicht so sehr? Nun, da ist Ihnen etwas entgangen. Wir haben früher ein sehr hübsches Gabelstapler-Quartett gehabt. »Heike, hast Du C 3, den Jungheinrich EJE 120?« Oder: »Vati, hast Du E 1, den Linde L 14 Elektro?« Diese sogenannten Flurförderzeuge waren eigentlich recht ansprechend mit den Hubhöhen und Freisichtpalettenklammern und der Behälterentleerfunktion. Und wendig waren die! Wir hatten neben einem Tierkinder-, Pferde-, Katzen-, Hunde-, Vögel-, Städte-, Busse-, Dampfloks-, Einsatzfahrzeuge-, Sportwagen-, Formel-1-, Hubschrauber-, Flugzeuge-, Traktoren-, Trucks- und Motorräder-Quartett aber auch ein Kriegsschiffe- und ein Panzer-Quartett. »Mutti, du musst den A4 Airfix-Crusader haben!« Oder: »Bernhard, hast du den Kampfpanzer Leopard 2, Gefechtsgewicht 55 Tonnen, 1500 PS, vier Mann Besatzung?« Ein schönes Spiel und ganz zu Unrecht ein wenig in Vergessenheit geraten.

## Evil Knievel Stunt Set

Mein Bruder kurbelte an der Startrampe, bis der Hinterreifen des aufziehbaren Motorrads glühte. Auf Knopfdruck raste das Geschoss auf dem Hinterreifen die Plastik-Rampe hinunter, hob ab und die Stuntman-Figur im authentischen Stars-and-Stripes-Overall und dem Superman-Umhang übersprang samt Motorrad unseren kompletten Matchboxauto-Fuhrpark und zerschellte. »Jeder Mann muss in seinem Leben einen Abdruck hinterlassen!« Auch diesen Ausspruch seines draufgängerischen Idols nahm mein hyperaktiver Bruder, der unermüdliche Lärmerzeuger und Stiftzahnverschlucker mit dem liebevollen Spitznamen Duracell-Hase sehr ernst. Es gibt von ihm etwa 15 Röntgenaufnahmen, ein Bremsspurengemälde in unserer Garageneinfahrt und mehrere Brandflecken im Flokati.

## Quicki, Knulli-Bulli & Co.

Sammelt eigentlich irgendein Kind heute noch Briefmarken? Wir lösten noch die diarrhöfarbenen Gustav-Heinemann-Wertzeichen über Wasserdampf ab, pressten sie in Lexika und ordneten sie systematisch in unsere Alben. Als eine Postkarte von meinem Onkel ankam, der, wie die Politiker Brandt, Strauß und Schmidt, ins Modereiseland Kenia gereist war, prügelten wir uns um die exotische Marke. Panini-Sammelalben gab es erst ab 1979. Davor fummelten wir weiche Knibbelbilder aus Kronkorken, horteten die einfarbigen, außerirdischen Knulli-Bullis aus Ültje-Knabberspaß-Packungen, gruben in den Tiefen von Cornflakes-Schachteln nach billigen Plastikstanzfiguren, tauchten Quicki-Fahrzeuge aus Nesquik-Packungen, freuten uns über die »Hottie«-Aufbügler in Smarties-Rollen, durchwühlten Kioskmülleimer nach Alpha-Eis-Stielen, um eine Rakete daraus zu bauen, und investierten unser Taschengeld (neben Eis) in Sarah-Key-Aufkleber, Überraschungseier und in Lurchi-, Schlumpf- und Mainzelmännchenfiguren. Mein Asterix aus dem ersten Überraschungsei ist heute übrigens 180 Euro wert – das hat sich doch gelohnt?!

# Von der Sehnsucht nach telefonlosen Schnüren

## Telefonzellen & Fernsprechgeräte

Die guten, alten Telefonzellen sind weg! Sie fielen der mobilen Gesellschaft zum Opfer. Kurzzeitig hatten sie noch mit wolkenförmigen Aufklebern, auf denen »Ruf doch mal an!« stand, verzweifelt versucht, auf sich aufmerksam zu machen. Umsonst! Heimlich, still und leise verschwanden die postgelben »Straßenbeichtstühle« aus dem öffentlichen Raum, verdrängt von arroganten Mobilfunkmasten und ein paar vandalensicheren Anschlusspfählen in Magenta. Kein Mensch dieses Jahrtausends wäre heute noch bereit, bei Wind und Wetter sämtliche Straßenzüge abzulaufen, um nach einer funktionstüchtigen, nach kaltem Zigarettenrauch stinkenden 1-Quadratmeter-Zelle zu suchen, um gerade dort ein Privatgespräch zu führen. Die Zellen hatten ausgedient. Wenn man heute jemanden an einer der wenigen öffentlichen Sprechsäulen stehen sieht, dann handelt es sich entweder um einen notorischen Handy-Verweigerer oder um einen echt vollkrassen Notfall und die Prepaid-Karte des Handys ist leer, Mann!

Die Suche nach Telefonhäuschen verlief meiner Erinnerung nach immer streng nach Murphys Gesetz. Je dringlicher der

Anruf, desto weniger Zellen waren auffindbar. Hatte man dann endlich eine aufgetan, an der kein Schild »Wegen mutwilliger Beschädigung geschlossen« prangte, fielen erst mal alle Münzen mit eindrucksvollem Gerassel durch den Automaten zurück in das Münzrückgabefach. Nach hartnäckigem Reiben sämtlicher Münzen am Metallgehäuse des Apparates fand man den abgerissenen Zettel mit der handgeschriebenen Telefonnummer nicht. Deswegen verwählte man sich prompt und hatte damit die ersten beiden wertvollen Zehnpfennigstücke schon mal sinnlos verbraten. Beim zweiten Versuch hörte man dann die verhasste Stimme, die monoton »Kein Anschluss unter dieser Nummer« wiederholte, und beim dritten Versuch warf einen dann der kleine Bruder der Angebeteten nach ewigem Hinhalten aus der Leitung. Unverrichteter Dinge machte man sich dann auf die Suche nach freundlichen Mitmenschen, um weiteres Kleingeld für spätere Versuche aufzutreiben, musste jedoch bei der Rückkehr zum Telefonhäuschen feststellen, dass ein Kettenraucher die Zelle für längere Zeit okkupierte. War man dann endlich an der Reihe, musste man während des Gesprächs einen Fuß in die selbstschließende Türe klemmen, um die Frischluftzufuhr in der Räucherstube zu gewährleisten, während der restliche Körper zum Fernsprechapparat gerichtet sein musste, um den aktuellen Münzverbrauch zu kontrollieren und gegebenenfalls nachzuwerfen. In dieser unwürdigen Haltung versuchte man nun seinem Gesprächspartner Liebesschwüre ins Ohr zu säuseln und das nächste heimliche Rendezvous anzuberaumen, ohne dabei den 3 Kilo schweren Hörer aus der Hand fallen zu lassen. Gleichzeitig beobachtete man unter höchster Anspannung, wie sich eine Münze nach der anderen aus dem Sichtfeld des Münzguthabenspeichers mit einem metallischen Klackern in den Münztresor verabschiedete, worauf man panisch einhändig alle Taschen nach weiteren Münzen abtastete und zudem ausblenden musste, dass eine seit Minuten penetrant an die Scheibe klopfende Person ungeduldig versuchte, auf sich aufmerksam zu machen. Jedes unbefriedigende Zellengespräch endete dann schließlich mit der romantischen Schlussformel: »Ich muss jetzt Schluss machen, meine Münzen sind gleich … tut, tut, tut.« Vor der Zelle stellte sich einem dann noch eine aufgebrachte Menschenmenge in den Weg, die mit ihren Fingernägeln vorwurfsvoll auf die Zifferblätter ihrer Armbanduhren trommelte und wild keifend auf den Aufkleber »Fasse dich kurz« an der Scheibe deutete.

1970 hatten dann endlich die Hälfte aller Privathaushalte Telefonanschlüsse. Die mausgrauen Apparate standen auf Kommoden in den Eingangsbereichen der Wohnungen. Kinder und Jugendliche von heute würden diese Apparate mit Wählscheibe und Ringelkabel, aber ohne Tasten und Display gar nicht mehr als Telefone erkennen. Man müsste ihnen erklären, dass statt einem Druck auf die Kurzwahltaste die gewünschte Verbindung Zahl für Zahl durch Drehen an der Nummernscheibe bis zum Anschlag hergestellt werden musste. Dass man sich mit diesen Apparaten nicht in sein Zimmer verziehen konnte, um endlose Gespräche von belanglosem Inhalt zu führen, sondern neben dem Fernsprechgerät stehen bleiben musste, während die ganze Familie das Gespräch belauschte. Dass sich das harmlos wirkende Ringelkabel bereits nach einem einminütigen Gespräch hinterhältig in einen gordischen

Knoten verschlingen konnte, den es in stundenlanger Arbeit wiederaufzuknibbeln galt. Dass man mit diesen Telefonen nicht einmal fotografieren geschweige denn simsen, sondern wirklich nur telefonieren konnte. Dass jeder dieser Apparate mit ein und demselben Klingelton läutete und dass es wirklich nur dieses eine Design gab. Dieses Modell aus den späten Sechzigern in dieser wahnsinnig ungesunden Gesichtsfarbe verleitete die Hausfrauen damals dazu, den armen Dingern goldbortengesäumte Brokatanzüge überzuwerfen, wodurch es leider bisweilen zu Verbindungsstörungen kam, weil die Hörer nicht mehr richtig auf der Gabel lagen. Die Störungsstelle der Post drohte damals Telefonbesitzern, die ihre Fernsprechapparate mit unzulässigem Zierrat ohne postalische Prüfnummern ausstatteten, mit Anschlussstillegung zu bestrafen. Letztendlich reagierte die Post jedoch schließlich auf das Bedürfnis nach Farbe ihrer Kunden und brachte 1976 die ersten Tastentelefone in Farngrün, Saharabeige, Orange und Lachsrot auf den Markt. Die rote Variante wurde allerdings bereits zwei Jahre später wegen mangelnder Nachfrage wieder aus dem Programm genommen und ist deswegen heute von besonderem Sammlerwert. Wie viele Stunden unseres Lebens haben wir damals vergeblich wartend neben dem Telefon verbracht? Und wer weiß, wie viele lebensentscheidende Anrufe uns entgangen sind, weil wir uns kurzzeitig aus der 10-Meter-Reichweite des Telefons entfernt hatten und kein Anrufbeantworter für uns die Stellung hielt? Heute sind wir endlich jederzeit und überall erreichbar. Keine Tätigkeit ist uns mehr privat oder wichtig genug, um nicht fernmündlich unterbrochen werden zu … 'Tschuldigung, muss Schluss machen – mein Handy klingelt.

# Über die Autorinnen

**Antje Steinhäuser**, geboren 1965 in Hannover, zwei Tage nachdem das Album *Help!* von den Beatles herauskam, lebt seit zehn Jahren als freie Lektorin und Autorin mit ihrer Familie in München. Zusammen mit Veronika Immler hat sie bereits mehrere Bücher verfasst. Die Zeit, an die sie sich in *Sie sind der Meinung, das war spitze!* erinnert, hat sie in New York, Köln, Tübingen und Bielefeld verbracht.

**Veronika Immler** wurde in den wilden Achtundsechzigern im Berchtesgadener Land geboren. Zu ihren wildesten Kindheitserinnerungen zählen Dia-Abende bei den Nachbarn, Faschingsfeten der Eltern im Partykeller und Heintje im Radio auf dem Weg nach Bibione. Heute lebt die Architektin mit ihrer Familie in München. Seit fünf Jahren arbeitet sie mit Antje Steinhäuser zusammen.